Lo-ruhama

No compadecida

CÉSAR VIDAL

Lo-ruhama

No compadecida

GRUPO NELSON
Una división de Thomas Nelson Publishers
Desde 1798

NASHVILLE   DALLAS   MÉXICO DF.   RÍO DE JANEIRO   BEIJING

Diseño: *Grupo Nivel Uno, Inc.*

ISBN: 978-1-60255-238-8

Impreso en Estados Unidos de América

09 10 11 12 13 QW 9 8 7 6 5 4 3 2 1

VOCABULARIO

Adón. Señor. Tratamiento de cortesía.

Adonai. Señor. Título otorgado al Dios de Israel.

Abba. Papá.

Ha–Arets. Literalmente: la Tierra. El territorio entregado por Dios
   a Israel.

Goy. Gentil. No israelita.

Goyim. Plural de *goy*. Gentiles o naciones.

Imah. Mamá.

Meguil·lah. Rollo.

Mitsraym. Egipto.

Mitsvot. Mandamientos.

Pésaj. Pascua.

Sefer Torah. Rollo de la ley.

Shalom. Paz. Forma habitual de saludo y despedida.

Shavuot. Cabañas.

Todá rabá. Muchas gracias.

Torah. La ley entregada por Dios al pueblo de Israel.

l rayo de sol, amarillo y fino como un delicado hilo de oro, logró traspasar la débil barrera que representaba la sencilla cortina y se estrelló, descarado y ardiente, sobre el rostro dormido de la mujer. Parpadeó molesta e incluso agitó la mano delante de la cara como si aquella luminosidad impertinente pudiera ser espantada con la misma facilidad que una mosca incómoda. El esfuerzo resultó inútil. Totalmente inútil. Con gesto de somnolencia pesada, entreabrió los ojos y echó un vistazo a la ventana. De manera automática, con la seguridad que proporciona haber repetido un mismo movimiento millares de veces, estiró la diestra y comprobó que el lecho estaba vacío. Fue aquel descubrimiento el que la empujó como si hubiera actuado sobre ella un resorte. De un solo impulso, se sentó y, acto seguido, se puso en pie. Extendió a continuación los brazos para desperezarse y luego se frotó los ojos. Sí, no cabía duda alguna. Se había quedado dormida.

Profundamente dormida. Totalmente dormida. ¡Con todo lo que tenía que hacer…!

Mientras se rascaba la coronilla con gesto de apenas reprimida pereza, dudó entre ponerse a preparar algo para el desayuno o limpiar. En circunstancias normales, habría optado por lo primero, pero, estando sola y sin mucho apetito, consideró que lo más adecuado sería intentar recuperar algo del tiempo perdido por dormir de más. Buscó con la mirada la escoba de ramas que utilizaba para adecentar la casa y cruzó la habitación para echar mano de ella. Comenzó a barrer mientras terminaba de despejarse. Se trató de un trabajo maquinal, casi automático, que le llevó un rato. Luego descolgó de la pared el trapo que utilizaba para quitar el polvo que, inevitablemente, se acumulaba con el paso de cada día. Apenas había mobiliario en la casa y no tuvo que esforzarse demasiado en aquel menester. De hecho, a decir verdad, sólo un arcón pequeño que yacía adormilado en una esquina de la modesta habitación hubiera podido definirse con propiedad como un mueble.

Deslizó el trapo por encima de aquella superficie gastada hasta que le pareció que recuperaba, siquiera en parte, su color original y entonces volvió a erguirse con la intención de prepararse algo para desayunar. Estaba a punto de salir de la casa para encender el fuego cuando, sin saber muy bien por qué, se quedó parada mirando aquel arcón. Entonces, igual que si se hubiera encendido una luz en medio de una habitación dando forma a los objetos sumidos en la penumbra, una rápida sucesión de imágenes antiguas se precipitó delante de sus ojos. Se trataba de retazos inconexos procedentes de tiempos ya pasados, de rostros ya desaparecidos del mundo y de episodios borrados con el paso de los años. ¡Dios santo! ¿Qué edad podría tener aquel arcón? A ciencia cierta, sólo Dios podía saberlo... Atrapada por aquella riada de sensaciones, se inclinó sobre el añoso mueble y lo abrió. Un agradable olor a ropa limpia se desprendió de manera natural y suave de las entrañas del arcón.

La mujer se sentó en el suelo y pasó la mano derecha por encima de aquella superficie irregular. No es que tuviera mucha ropa, la verdad fuera dicha, pero la que poseía estaba bien cuidada y su tacto le resultó agradable, como si la limpieza se hubiera convertido en algo tangible. De repente, sintió un deseo de hundir las manos como si en realidad estuviera acariciando una superficie acuosa. Por unos instantes, jugueteó con aquellos pedazos de diferentes tejidos sintiendo sus texturas mientras una sonrisa infantil se dibujaba risueña en su rostro aún joven. Entonces, de la manera más inesperada, sus dedos tocaron algo duro, gélido y, sobre todo, inesperado. Sin poderlo evitar, dio un respingo, como si se hubiera topado con un ratón o un cepo. Se echó hacia atrás intimidada y, por un momento, se mantuvo alejada del arcón.

«Pero, ¿qué estás haciendo?», se reprendió a sí misma, «Tan duro y frío no puede ser un animal...». Intentó convencerse de que tenía que descubrir la naturaleza de aquello que tanto temor le había infundido. Respiró hondo, volvió a acercarse al mueble y hundió la mano entre la ropa con resolución.

No le costó encontrarse de nuevo con el objeto que buscaba y entonces, como si en ello le fuera la vida, cerró sobre él los dedos y tiró hacia fuera. Cuando su brazo volvió a emerger de en medio de los tejidos, el puño apareció envuelto en el interior de una prenda de vestir. Tuvo aún que realizar algunos movimientos más sin soltar «aquello» antes de conseguir tenerlo ante los ojos.

Parpadeó un par de veces como si no pudiera creer lo que aparecía ante sí. Luego sonrió y acarició el objeto. Sí, por supuesto que lo recordaba. Lo había visto en algunas ocasiones cuando era niña, pero no tenía la sensación de recordar que estuviera en el fondo del mueble. Seguramente, alguien de la casa debía de haberlo depositado en lo más recóndito y allí se había quedado cubierto por la ropa de todos. Sólo cuando había metido las manos hasta el fondo... Sonrió. Seguramente no tenía mucho valor, pero se trataba de una pieza muy hermosa. Era blanquecina, suave, casi esférica. Una reproducción bastante aceptable de una granada. Su aspecto irregularmente redondo, como el de la fruta cuya forma intentaba reproducir, se rompía sólo en la parte de arriba, en que parecía estallar abriéndose para recibir una vela, y en un lado, donde se rasgaba en lo que era una semejanza de pepitas de granada.

¿Quién podía haber puesto aquella granada en el arcón? Con seguridad, su padre o su madre. Tenía que ser antigua, porque estaba segura de que ya no se fabricaba de esa manera primorosa que permitía combinar tan prodigiosamente la belleza con la sencillez. Depositó la figurita en el suelo y comenzó a acariciarse el mentón intentando, como si de un juego se tratara, determinar la época de origen. Sí, se dijo de manera casi inmediata, muy posiblemente pertenecía a los años de Jeroboam, rey de Israel. El segundo que había llevado ese nombre y no el primero, que no había pasado de ser un militarote empeñado en aprovecharse del desgarro del reino de Salomón, el monarca sabio al que las mujeres idólatras habían arrastrado a la necedad en los últimos años de su existencia. Por supuesto, ella no había conocido aquella época, pero había oído hablar de ella en más de una ocasión. A decir verdad, le resultaba curiosa la manera en que todavía algunas personas de edad se referían a aquel reinado como una época de prosperidad, de diversión, de alegría y, sobre todo, de despreocupación… En esa época también su padre había conocido a su madre…

GOMER

Las lágrimas brotaban de sus ojos, abundantes, calientes y rabiosas. Era como si la ira que sentía en su interior hubiera creado una fuente de amargura que ahora rebasaba sus párpados para deslizarse por las mejillas hasta alcanzar, finalmente, el mentón. En lo más profundo de su ser, se sentía fracasada, herida, humillada. Sí, sobre todo, humillada y, justo cuando estaba entrando en casa, impulsada por el deseo de buscar un rincón solitario y a oscuras donde arrojar el pesar que le oprimía el pecho, su padre se había interpuesto. Inoportuno y desagradable, le había lanzado a la cara las mismas preguntas de siempre : ¿de dónde vienes? ¿qué te pasa? ¿te das cuenta de lo que estás haciendo? Lo había hecho con un tono de voz áspero que parecía taladrarle los oídos y descenderle hasta las entrañas. No es que su padre gritara —la verdad es que el hombre apenas alzaba la voz— pero aquellas frases cortantes lanzadas como saetas le causaban un efecto agobiante, opresivo, casi como si le arrancaran el aliento de la nariz. En momentos como aquellos, hubiera deseado que la tierra se abriera y devorara a su padre, proporcionándole así un respiro, un descanso, una tregua.

Diblaim intentó mantener la mirada mientras observaba los ojos despectivos de su hija Gomer. Había reflexionado en ello multitud de veces, pero no lograba encontrar una respuesta satisfactoria a la manera en que había ido cambiando en los dos últimos años. Hasta ese entonces, se había comportado, en términos generales, como una criatura normal. Por supuesto, había tenido sus cosas y en más de una ocasión se había ganado un cachete o un azote, pero, a decir verdad, había podido incluso permitirse la presunción de que su Gomer era una niña buena. Y luego, de repente, de la manera más inesperada, todo había cambiado. Al mismo tiempo que su cuerpo perdía el perfil difuso de la infancia y adoptaba las primeras formas realmente femeninas, el carácter de Gomer se había transformado. Se había convertido en una criatura testaruda, irritable, descarada incluso, que recibía mal las palabras de su padre.

Tentado estuvo en más de una ocasión de zanjar las agotadoras disputas con su hija valiéndose de un bofetón o de un castigo ejemplar. Sin embargo, más allá de una ocasión en la cercanía de una fiesta de Pésaj, su esposa se había interpuesto siempre en los intentos de aplicarle alguna forma de disciplina a la muchacha. Le echaba en cara, delante de la propia Gomer, que era demasiado áspero, demasiado duro, demasiado carente de comprensión y Diblaim acababa cediendo al considerar que una guerra librada en un doble frente femenino era mucho más de lo que podía soportar en su hogar. Durante un tiempo, había querido conformarse repitiéndose que, a fin de cuentas, las mujeres son algo muy peculiar y que las jóvenes no iban a ser una excepción. Y si además lograba evitar discusiones y discordias... Y entonces se había enterado. Lo había sabido porque nunca falta alguien que conoce antes que los padres lo que sucede con sus hijos, especialmente si su vida no es todo lo recta que desearían, y acaba comunicándoselo.

Había sucedido una tarde en la que Urías, el herrero, se había empeñado en que acudiera a su casa a probar un vino nuevo. Diblaim había intentado resistirse, nada inclinado a celebraciones, pero Urías había mostrado tanta pertinacia que había terminado por ceder. A decir verdad, durante un buen rato Diblaim se había sentido aliviado charlando con el herrero y picoteando el queso y las aceitunas que le había ofrecido para acompañar la bebida. Recordaron la época de la infancia, en que aún no tenían que cargar con ninguna obligación y en que se podían permitir alguna que otra travesura. Bromearon, disfrutaron, se rieron y entonces, de pasada, como si se hubiera referido a la forma caprichosa que adoptaban las nubes o al descenso de la temperatura en invierno, se lo dijo:

—Te supongo enterado de que Gomer ya no es virgen...

Fue escuchar aquellas palabras y el vino que había alegrado sus labios y su alma se tornó amargo como el acíbar. Hubiera deseado levantarse indignado, gritar al herrero y golpearlo, pero se quedó clavado a su lugar mientras Urías entraba en detalles.

Sabía todo porque se lo había contado su propia hija Sara. Sí, había sido en el curso de una fiesta, la de Shavuot. Ya se sabe, los muchachos comienzan a beber, se alegran y pierden el control... y además, el herrero le había insistido en que las costumbres de los jóvenes de ahora no eran ya las de sus tiempos... No tenía tanta importancia, por supuesto, pero era mejor que lo supiera.

Diblaim había fingido una sonrisa y asentido a lo que le había dicho su amigo. Sí, claro, ya no era igual que tiempo atrás. Por supuesto, era un atraso comportarse como un fanático a la hora de seguir la Torah que Adonai había entregado a Moisés en el Sinaí. Los tiempos, como no puede ser de otra manera, cambian. Aún apuró la copa de vino y charló unos instantes como si nada de lo escuchado le hubiera afectado. Luego fingió que se acababa de dar cuenta de lo tarde que era y, tras dar las gracias al herrero por su amable convite, se había levantado despidiéndose. Logró llegar a la esquina de la calle, conteniendo a duras penas las lágrimas. Luego aceleró el paso hasta salir de la aldea y adentrarse en los terrenos de labor cercanos. Fue precisamente cuando juzgó que nadie podía verlo cuando echó a correr hasta llegar a un árbol de mostaza. Allí se había dejado caer y había roto a llorar.

Urías el herrero podía haber comentado lo que había querido, pero algo en lo más profundo de su ser le decía a Diblaim que aquellas palabras que justificaban todo refiriéndose al paso del tiempo tenían un sonido carente de autenticidad, semejante al de una moneda falsa. Sí, podían decir lo que quisieran, pero él sabía de sobra que Gomer ahora sólo tenía ante sí la expectativa de malcasarse. Eso, claro está, en el supuesto de que llegara a contraer matrimonio. Desde entonces se había dicho una y mil veces que su hija había dado un paso que no tenía arreglo y cuyas consecuencias eran difíciles de prever. Y ahora Gomer volvía a llegar tarde y le desafiaba, y él sentía una mezcla ardiente de cólera, de vergüenza y de impotencia.

—Diblaim, déjala respirar —intervino la madre—. Es... joven.

Sí, lo era. No cabía duda. De ahí su pesar. Abatido, Diblaim bajó la mirada y, como si llevara una carga sobre los hombros, abandonó la habitación.

Gomer apenas pudo reprimir una sonrisa de satisfacción al ver cómo su madre había logrado que su padre se diera por vencido. La verdad era que se hallaba más que harta de vivir en casa. Lo que ella deseaba era disfrutar, salir, gritar... vivir en suma. Exactamente lo que estaba empezando a sucederle ahora, en los últimos tiempos, y lo que su padre pareciera empeñado en impedir.

—Tienes que ser un poco más prudente con tu padre... —le dijo su madre mientras le servía un plato de comida.

—Mi padre es insoportable, *imah* —respondió Gomer irritada, como si le fastidiara incluso mantener aquella conversación—. No me entiende.

—Lo sé, hija —aceptó la madre mientras levantaba la mirada al techo con gesto de cansancio—. Si yo te contara..., pero tienes que saber comportarte. Al final, los hombres son todos igual de tontos. Sólo hay que saber llevarlos.

Gomer dejó escapar un bostezo al escuchar las últimas palabras de su madre. Había oído aquel comentario y otros parecidos en multitud de ocasiones y le producían un profundo aburrimiento. Mientras se llevaba a la boca la comida que había preparado su madre procuró no prestar la menor atención a sus palabras. Pensó que eran como el ruido de la lluvia y se puso a pensar en otras cosas. Luego, terminada la pitanza, dijo:

—Estoy muy cansada. Me voy a dormir.

Se levantó en medio de una frase de su madre y estiró los brazos para dejar claramente de manifiesto que deseaba descansar y que no tenía la menor intención de fingir siquiera que escuchaba.

—Buenas noches —dijo como si fuera un capitán dando órdenes a sus hombres.

Resopló de fastidio mientras se desnudaba acordándose de las palabras de sus padres. Pero, ¿por qué no podía vivir tranquilamente como tantas amigas suyas? ¿A qué designio del destino se debía que tuviera que soportar a un padre intolerante y a una madre empeñada en acercarse a ella de una manera tan pesada? ¿Es que no había manera de que pudiera vivir en paz y sin tener que escuchar tantas monsergas? Frunció el ceño en un gesto de malhumor y cerró los ojos. No tardó en quedarse dormida sin responderse a aquellas cuestiones.

Fue el suyo un sueño profundo, que la separó de todo el mundo que la rodeaba igual que si se tratara de un espeso muro de silencio. A decir verdad, siempre dormía así, como si cayera en un abismo insonoro que le evitara cualquier molestia por mínima que fuera. Por eso, necesitó algunos instantes para percatarse de lo que sucedía cuando unas manos comenzaron a sacudirla.

—Pero… pero ¿se puede saber qué pasa? —acertó al final a preguntar indignada— ¿Es que no se ve que estoy durmiendo?

—Despierta. ¡Despierta! —le respondió un susurro imperativo—. Que es muy importante lo que tengo que decirte.

Gomer parpadeó, pero no consiguió ver nada. Un resplandor amarillo se recortaba contra la negrura de la noche cegándola e impidiéndole distinguir a la persona que le hablaba.

—¿Eres tú, *imah*? —se atrevió a decir mientras notaba que una sensación de temor se apoderaba de ella.

—Pues claro, hija, ¿quién iba a ser?

—Tengo mucho sueño… —protestó irritada.

—Hija, es que es muy grave —musitó la madre.

—Está bien —concedió Gomer mientras se incorporaba frotándose los ojos con gesto malhumorado y cansino—. ¿Qué pasa?

—Pasa… pasa, hija… —comenzó a decir la madre—. Ay… es que es muy grave…

—¿Me lo dices o me vuelvo a dormir? —preguntó impaciente Gomer.

—No… no… —dijo inquieta la mujer a la vez que sujetaba la mano de su hija—. No lo hagas. Verás… tu padre regresó anoche muy tarde…

—¿Le ha dado por beber al viejo? —indagó Gomer temerosa de que su sueño se viera interrumpido únicamente por las quejas intempestivas de su madre.

—No, hija, no.

—Bueno, pues dime ya de qué se trata... —protestó Gomer.

—No levantes la voz —musitó alarmada la madre—. No quiero que se despierte...

—*Imah*, ¿vas a decirme de una vez qué sucede?

La madre apartó la luz de la bujía y, por primera vez, Gomer pudo distinguir su rostro. No podía caber duda de que estaba verdaderamente inquieta. Incluso... incluso como asustada. Casi podría decirse que aterrada. Pero ¿qué le pasaba?

—Tu padre... tu padre... —la mujer respiró hondo como si aquel aliento pudiera infundirle seguridad y sosiego—, bueno... hay un hombre que le ha pedido... que le ha pedido...

—¿El qué le ha pedido? —cortó irritada Gomer.

—Le... le ha pedido casarse contigo...

Gomer sintió como si una bola de piedra, inmensa y fría, se le posara sobre la boca del estómago. ¿Era posible que hubiera oído bien? ¿Podía ser cierto lo que le parecía haber escuchado?

—Y... y... ¡oh, Dios! ¡oh, Dios! Hija... hija, tu padre le ha dicho que sí...

GOMER

Todos los esfuerzos de Gomer encaminados a poder recuperar el sueño durante aquella agitada noche resultaron vanos. No es que le hubiera causado una especial preocupación la alarma pintada en las facciones atemorizadas de su madre. A decir verdad, estaba convencida de que se preocupaba por naderías y de que cuanto menos caso le hiciera mejor sería. Por experiencia sabía que cuando no le estaba advirtiendo sobre su manera de vestir, le estaba contando los peligros de las diversiones y todo ello aderezado con la advertencia de que a su padre no le iba a gustar nada. A pesar de todo, en cierta medida, aquellas frases de su madre eran como gotas de vinagre. Solas, ya hubieran resultado imposibles de tragar, pero en medio de la sabrosa ensalada de la vida, tenían su lugar. Era pesada, pero si después de escucharla por unos instantes, se encontraba con la diversión, hasta podía encontrarla divertida. Sólo que ahora… sólo que ahora la situación era muy diferente. ¿Qué era eso de que habían pedido su mano y, sobre todo, qué significaba que su padre hubiera dicho que sí? ¿Quién era su padre para comportarse de esa manera? No es que ella conociera muy bien la Torah —y, sobre todo, que le interesara conocerla—, pero o mucho se equivocaba o en ella estaba escrito en alguna parte que para casar a una joven antes había que saber si estaba de acuerdo. Sí, seguro que era así, porque se lo había oído comentar más de una vez a sus amigas. «Iban a casar a Sara con un comerciante, pero ella dijo que no y ¡sus padres se quedaron con un palmo de narices!» «El partido que le habían propuesto a Esther era muy bueno, un hombre acaudalado, ya sabéis, pero se empeñó en que le olía mal la barba y no hubo forma de convencerla… ¡Teníais que haber visto a su padre!» Sí, había sido testigo de conversaciones como ésas y, por lo tanto, sabía que nadie en Israel podría obligarla a contraer matrimonio si a ella no le parecía bien. Sin embargo… sin embargo, a pesar de recordar aquellas anécdotas, no pudo conciliar el sueño.

La idea de que pudieran casarla la inquietaba e incluso le ocasionaba una cierta irritación. Sin embargo, no era menos cierto que había despertado en ella una curiosidad que le provocaba una agitación en todo el cuerpo. Por supuesto, no le apetecía contraer matrimonio y pensaba negarse en redondo a someterse ante semejante eventualidad, pero, con todo, no podía evitar interrogarse sobre cómo sería aquel hombre. Al formularse esta cuestión, Gomer no se preguntaba por las cualidades morales de su futuro esposo, no, sino que se referían, fundamentalmente, a su aspecto físico. ¿Sería alto o bajo? ¿Fuerte o débil? ¿Dotado de una hermosa cabellera… o calvo? Y así, se dejó llevar por su imaginación y fantaseó mil y una veces con escenas en las que era la protagonista indiscutida y conocía a los pretendientes de aspecto más diverso. Se imaginaba que deseaban su mano un levita, un soldado del rey, un poseedor de tierras y a todos los rechazaba porque no terminaban de agradarle. «No, éste no. La casa olería a ovejas todo el día»; «No, éste tampoco. Dedica demasiado tiempo a trabajar en el santuario como para atenderme de la manera que me merezco»; «No, éste aún menos. Es aburrido». Pero junto con esas posibilidades, Gomer también fantaseaba con la idea de que su pretendiente fuera un hombre extraordinariamente rico o incluso un miembro de la casa real que se había fijado en ella y había decidido mantener el anonimato. Y así, a medida que iban pasando las horas, en algún momento, llegó a pensar que, a fin de cuentas, quizá no estuviera tan mal la idea de casarse. Por supuesto, ni que decir tiene que mucho dependía del candidato, pero, en cualquier caso, aquella circunstancia, bien considerada, le permitiría abandonar la casa y perder de vista a un padre insoportablemente aguafiestas y a una madre permanentemente quejumbrosa. Sí, quizá no resultara tan mal, según fuera, claro está, el aspecto que presentara el novio…

Poco antes de amanecer, la suma del cansancio de las diversiones del día anterior y de la noche en vela acabó rindiendo a Gomer. Cerró los ojos la muchacha antes de que el primer rayo de sol se atreviera a acariciar la superficie de los campos y cuando su madre logró despertarla sacudiéndola con fuerza, el día ya estaba bien avanzado.

—¡Levántate, Gomer! —escuchó que le decía agitada—. Viene a comer...

—¿Quién viene a comer? —preguntó adormilada.

—Tu marido —respondió la madre, para corregir enseguida—: El hombre que puede ser tu marido.

Aquella última frase causó un efecto en Gomer semejante al de un poderoso conjuro. Se sentó sobre el lecho igual que si la hubieran movido con un resorte e intentó ordenar sus ideas. Lo primero de lo que se percató fue de que le dolía la cabeza. Espantosamente además. La luz que caía sobre su rostro le provocaba un dolor despiadado sobre las cejas y en el interior de las cuencas de los ojos. Hubiérase dicho que un espíritu inmundo se los taladraba con garras de hierro. ¡Oh! ¿Por qué tenía que ser hoy? ¿Por qué? Seguro que tenía un aspecto horrible...

—Me siento mal... —musitó con los ojos entreabiertos mientras se llevaba la diestra a la boca del estómago—. ¿No podríamos dejar todo para otro día?

—Ya lo he intentado —respondió la madre con un tono de voz cargado de ansiedad—, pero tu padre... no sé qué decirte, la verdad, hacía mucho tiempo que no lo veía tan decidido. El hombre vendrá a comer...

—¿De verdad que no se puede evitar? —insistió quejosa Gomer.

No, no se pudo evitar. Es cierto que, desde hacía mucho tiempo, tanto que no recordaba cuando había comenzado todo, Diblaim había evitado las confrontaciones en el seno de la familia. Lo único que deseaba era un poco de tranquilidad, una pizca de sosiego, un grano de paz cuando regresaba de trabajar y entraba en su casa. Pero su esposa y su hija no le habían otorgado esa posibilidad y Diblaim había optado por irse encerrando cada vez más en un foso de silencio. Escuchaba las palabras de su mujer como si fueran el estruendo de una tormenta, procurando concentrarse en el cobijo que le proporcionaban sus pensamientos para refugiarse del aguacero. Y así, mientras ella había ido hablando más y más, también él se había ido convirtiendo en un personaje cada vez más silencioso. Por eso, resultaba un enigma indescifrable imaginar de donde había podido sacar la fuerza para imponerse.

Las aceitunas negras, el queso de cabra, las verduras especiadas, el pan plano y redondo y el vino fuerte y rojo estaban ya dispuestos sobre el mantel cuando Diblaim llegó a la casa. Por primera vez en mucho tiempo, se le veía contento, como si estuviera satisfecho, a decir verdad, como si se tratara de un niño que acabara de descubrir un inesperado y grato motivo de diversión. Caminaba con aire risueño dando la impresión de que incluso reprimía su deseo de dar algún saltito de alegría. No iba solo. A su lado, conteniendo el paso para no adelantarse a Diblaim marchaba un hombre algo —pero no mucho— más joven que él.

—¡Ahí vienen! —dijo la madre al mismo tiempo que entraba sofocada en la casa—. ¡Ahí vienen!

Gomer sintió el impulso de salir a la calle y echar un vistazo al hombre que venía con su padre. Sin embargo, se contuvo. Había llegado a la conclusión de que lo mejor que podía hacer era mantener una actitud de distanciamiento y frialdad. A fin de cuentas, aquel sujeto podía no gustarle y si había manifestado indiferencia desde el primer momento sería más fácil objetar que era demasiado joven para casarse, que no estaba preparada o cualquier otra excusa parecida.

La idea de tener que colocarse un velo sobre la cara mientras durara la visita del inesperado pretendiente le pareció especialmente molesta. No estaba acostumbrada a cumplir con aquellas reglas de modestia y la prenda le daba calor, le cortaba el aliento y se le metía por la boca y las ventanas de la nariz al respirar. Sin embargo, resultaba obvio que iba a ser inevitable y lo más que pudo conseguir fue que su madre no le obligara a ponérselo hasta que llegara el invitado.

Se hallaba de pie, al lado de su madre, sujetando una bandeja con pan y sal, cuando su padre cruzó el umbral acompañado del desconocido.

Procuró no mirarlo mientras aceptaba el don de la hospitalidad que se le ofrecía y siguió apartando la vista mientras tomaba asiento siguiendo la invitación de su padre. Aún pudo soportar mantener la vista baja mientras le acercaba un lebrillo con agua para limpiarse los pies y luego una jofaina para lavarse las manos, pero, con todo, su curiosidad acabó siendo más poderosa que su prudencia. Cuando se retiró de la sala llevando los recipientes, le resultó imposible no lanzar un vistazo con el rabillo del ojo. Sintió entonces como si un puño se cerrara sobre su corazón oprimiéndolo y cortándole la respiración. Era... ¡era mucho mayor que ella!

Llegó a la habitación contigua temblorosa, indignada, presa de la ira. ¿Pretendía su padre casarla con un viejo? ¿Acaso no había podido dar con alguien mejor? ¿Y su madre no tenía nada que decir? Pero ¿es que se habían vuelto todos locos? Por un instante, estuvo a punto de romper a llorar de rabia, de lanzar contra el suelo las fuentes de comida, de ponerse a gritar a los cuatro vientos, pero se contuvo. Respiró hondo y se dijo que aquello no había terminado aún. No, por supuesto que no. Todavía no estaba nada decidido.

Así, regresó a la modesta sala en la que estaban sentados su padre y el pretendiente e inclinó la cabeza en un gesto humilde de fingida modestia.

Sí, no cabía la menor duda de que era mayor que ella. Quizá podía llevarle diez, quince, incluso más años... Claro que, bueno, si se le observaba bien, no resultaba del todo desagradable. Su cabello negro era hermoso e incluso adoptaba un cierto ondulamiento suave en aquellas partes donde era más largo. Además sus rasgos eran suaves, desprovistos de la dureza que había visto en tantos hombres. Eran masculinos, sí, eso estaba fuera de discusión, pero, al mismo tiempo, de ellos parecía desprenderse una cierta... ¿calma? Sí, eso era. Calma. Calma, sosiego, incluso... paz.

A lo largo de los momentos siguientes, no pudo eludir la impresión que le provocaba el escuchar cómo hablaba. No cabía duda de que era una persona segura de sí misma —tanto que resultaba casi abrumador— y, sin embargo, a la vez, hubiera resultado injusto decir que no era humilde. Rezumaba convicción, sí, pero se trataba de una convicción que no parecía proceder tanto de él como de una fuente externa que lo envolviera. Definitivamente, se trataba de alguien especial. ¿Quién era aquel hombre?

Como si hubiera podido leer los pensamientos de la muchacha, el invitado levantó la mirada hacia ella y, sonriendo, dijo:

—Me llamo Oseas.

GOMER

odavía años después, Gomer se preguntaría qué había sucedido exactamente aquel día en que Oseas había venido a comer a su casa. Recordaría con seguridad que estaba en su ánimo rechazarlo, que no deseaba casarse, que la misma idea del matrimonio le resultaba repulsiva. De todo ello no le cabía la menor duda. Sin embargo, cuando su padre —apelando al ejemplo de Labán, que había preguntado a Raquel si deseaba casarse con un joven pretendiente llamado Jacob— le preguntó si estaba dispuesta a contraer matrimonio con aquel hombre, cuando llegó la hora de la verdad, había respondido que sí. ¿Por qué lo había hecho? Para ser sinceros, no tenía la menor idea, pero sí se habría atrevido a decir que se había tratado de un impulso suave que había movido su espíritu en esa dirección.

Nada más pronunciar aquella palabra había sentido una paz especial que había llenado dulcemente su corazón. Fue como si hubiera hecho lo que debía y un Poder superior a lo humano le hubiera mostrado su aprobación. Desde luego, las semanas siguientes resultaron una experiencia por la que nunca antes había atravesado. No se había tratado solamente de que su padre hubiera parecido especialmente feliz y ya no le había dicho nada ni tampoco de que su madre hubiera insistido en darle consejos —que le habían parecido totalmente inútiles— sobre la manera en que debía llevar un hogar. No. Por el contrario, lo que más había afectado su conducta y sus sentimientos había sido la cercanía de Oseas.

Por supuesto, era consciente de que se trataba de un hombre mucho mayor que ella —¿quince, dieciséis, diecisiete años?—, pero, aunque eso pudiera parecer un inconveniente, saltaba a la vista que su carácter no se veía empañado por esas conductas que son tan comunes en hombres que superan en edad a sus cónyuges. No era celoso, no se le veía molesto ante la cercanía de hombres más jóvenes, no intentaba mostrar continuamente su superioridad… A decir verdad, Oseas se comportaba siempre de una manera correcta, pulcra y educada. Pero quizá lo que más había impresionado a Gomer había sido su generosidad. Sí, su generosidad. Con esa palabra no se refería Gomer al hecho de que Oseas la colmara de regalos o de presentes. No. En absoluto. La generosidad de Oseas era una actitud vital fácil de descubrir si se observaba con atención y que dejaba de manifiesto en los comportamientos más sencillos de la existencia. La muestra más llamativa para Gomer de esa forma de ser fue que no formulara jamás preguntas sobre su pasado.

Daba la impresión de que a Oseas no le importaba lo más mínimo si por la vida de Gomer habían pasado hombres, y, en tal caso, quiénes habían sido y cómo se habían comportado. Naturalmente, se hubiera podido pensar que Oseas simplemente desconocía lo que se decía sobre ella en cualquier corrillo, pero Gomer se fue convenciendo poco a poco de que su prometido no es que no supiera, sino que no daba importancia a conocer lo que había sido su vida anterior. Como su futuro esposo, pocos hubieran discutido que tenía derecho a pedir explicaciones sobre su pasado y a saber el tipo de mujer que iba a compartir la vida con él. Sin embargo, si efectivamente gozaba de ese derecho, había renunciado a él de manera sencilla y tranquila.

Durante algunas semanas, Gomer se sintió abrumada —incluso feliz— por aquella dulce muestra de generosidad, pero, de repente, en su interior comenzó a anidar un sentimiento muy distinto de inquietud y desazón. ¿Y si Oseas se enteraba de todo? A decir verdad, no es que Gomer pensara que había llevado a cabo alguna mala acción. Por supuesto, se había entregado a algunos muchachos, pero ¿cuántas chicas de su edad no se comportaban de manera semejante? Sin duda, no era un comportamiento al que debiera darse importancia, pero resultaba claro que una cosa era cómo ella y sus amigas lo veían y otra —bien distinta— cómo pudiera contemplarlo Oseas de enterarse. No se trataba únicamente de que fuera mayor que ella. No. De hecho, conocía a muchos hombres de edad que no hubieran puesto objeciones a su conducta. Se trataba más bien de una cuestión distinta. Tal y como ella lo veía, Oseas era un hombre muy entregado —¡excesivamente entregado!— a la religión. Desde luego, no podía negarse que se esforzaba por cumplir los *mitsvot* de la Torah con auténtica meticulosidad. A decir verdad, tenía la impresión de que era la primera persona a la que había conocido que meditaba con interés en el contenido del *meguil·lah* de la Torah y que además dedicaba tiempo a orar. ¡Orar! ¡Qué cosa más aburrida!

En la obediencia que Oseas profesaba a la Torah residía el problema. La Torah dejaba claramente de manifiesto que el lugar para las relaciones íntimas era el matrimonio y no ningún otro. De hecho, salvo que hubiera estado casada con anterioridad, la Torah enseñaba que una muchacha debía dejar de manifiesto en su noche de bodas que nunca antes había yacido con un hombre. No sólo eso. El padre de la muchacha se convertía en custodio de la sábana donde quedaban recogidas las muestras palpables de que la contrayente era virgen al casarse. Si, en algún momento, un marido carente de escrúpulos pretendía divorciarse y alegaba que la esposa no era virgen en el momento de la boda, el padre sólo tenía que mostrar aquella sábana. En casos así, tal y como estipulaba la Torah, aquella mujer se convertía en esposa perpetua y el matrimonio no podía disolverse jamás. Pero cuando no se podían presentar las pruebas de la virginidad... ah, entonces... entonces la mujer podía ser lapidada por no haber guardado aquello que debía reservar, que sólo podía entregar lícitamente a su marido. Por supuesto, muchos maridos no eran rigurosos a la hora de esperar que sus esposas cumplieran con esa norma. Sabían que muchas muchachas se acostaban con hombres sin estar casadas y se conformaban, de mejor o peor grado, con ese estado de cosas. A fin de cuentas, tampoco ellos eran muy obedientes a los mandamientos de la Torah, pero Oseas... No, no le daba la impresión de que Oseas perteneciera a ese grupo.

Ella, desde luego, no era religiosa. Por supuesto, pensaba que existía un Dios y que intervenía en los asuntos de los hombres de alguna forma, pero de ahí a creer todo lo que enseñaba la vieja religión de la Torah... En relación con ella, a lo sumo, se había limitado a acompañar a sus padres a Betel y a participar en algunas celebraciones. Por eso, sentía la sospecha de que una persona como Oseas no contemplaría con agrado lo que había hecho.

Compartió aquella preocupación con su amiga Leah, pero la joven no le fue de mucha ayuda.

—¿Qué quieres que te diga, Gomer? —le había comentado encogiéndose de hombros— Si no te gusta, lo mismo así te libras de él...

—Ya... —había respondido Gomer no muy convencida.

—Además siempre podemos rezarle a la Virgen para que te ayude —continuó Leah.

Gomer guardó silencio.

—Mira —prosiguió Leah—, la Virgen es muy poderosa y ayuda mucho. Lo dice la oración: «La Virgen Anat se maquilló con esencia que los dioses no conocen, que desconoce la congregación de las estrellas, que ignora la familia de los cielos. Intercede ante el Señor, el Todopoderoso. Ruega ante el auriga de las nubes para que no acose a los pueblos». Gomer, nuestro Señor es justo, pero duro. La Virgen... ah, la Virgen es clemente y misericordiosa.

Si le ruegas que interceda por ti ante el Señor, lo hará. Pídeselo. Pídele que te libre de ese viejo, porque nunca deja de escuchar a los que le suplican algo.

En otras circunstancias, quizá Gomer hubiera escuchado el consejo de su amiga, pero… bueno, lo cierto es que estaba empezando a agradarle Oseas. En él encontraba algo especial que no hubiera podido definir, pero que significaba vivir una situación bien diferente a las que había conocido hasta entonces. Cuando estaba a su lado, se sentía bien tratada, se sentía en paz y se sentía… sí, eso era, se sentía protegida. Daba la impresión de que aquel hombre sabía lo que creía, sabía dónde estaba y sabía dónde tenía colocados los pies y hacia dónde deseaba dirigirlos. Esa circunstancia le comunicaba una envidiable serenidad. Por eso, el temor a perder a alguien de esas características, alguien que además ni la regañaba ni le formulaba preguntas, fue arañando el alma de Gomer a cada día que pasaba.

Una tarde, semejante a tantas otras, salieron los dos a pasear. Como era de rigor, lo hicieron bajo la mirada de la madre de Gomer. A decir verdad, la mujer procuraba resultar lo menos molesta a su hija y a su prometido. Les dejaba caminar unos pasos por delante y no perdía ocasión de entretenerse a charlar con alguna amiga o de comprar alguna verdura o fruta en el mercado para permitir que los dos pudieran hablar con más libertad.

Aquel día, Gomer se había levantado dolorosamente atenazada por el pensamiento de que no estaba bien ocultar nada a Oseas. Intentó deshacerse de aquella sensación durante el desayuno y luego mientras ayudaba a su madre a preparar la comida, pero sus esfuerzos resultaron inútiles. Cuando Oseas acudió a buscarlas para dar el paseo de la tarde, a punto estuvo de declinar la invitación, dada la desazón que se había ido apoderando de ella. Sin embargo, tras un rato de caminar, se fue sintiendo mejor. Se hubiera podido decir que estuvo a punto de olvidar todo mientras charlaba con Oseas y entonces… Todo había sucedido al salir de la población en que vivían y dirigirse por una vereda zigzagueante hacia unos recortados huertos de naranjos que había plantados en la cercanía. Aquellos lugares eran propiedad de Silhi, un hombre especialmente acaudalado y estaba prohibida la entrada, que se limitaba a su disfrute personal y al de sus selectos invitados. Sin embargo, bordeándolos, se extendía una senda hasta la que llegaba la fragancia del azahar. Esa circunstancia —el aroma era un placer grato y además gratuito— explicaba que no fueran pocos los vecinos que en sus paseos se aproximaran lo más posible a los naranjales.

La experiencia de Gomer con aquellos árboles había sido variada. En más de una ocasión, aprovechando la soledad y las sombras, había contravenido los derechos de propiedad de Silhi y se había adentrado por entre los naranjos para besarse con un muchacho. Precisamente por eso, cada vez que volvía a pasar por aquellos andurriales, el corazón se le llenaba de recuerdos marcados por los hilos de la diversión e incluso de la excitación. Aquella tarde, sin embargo, todo resultó muy diferente.

De la manera más inesperada, sintió, primero, como si el olor dulce y suave que se desprendía de los árboles cargados de frutos dorados atravesara el aire para posarse en ella y mostrar, por vía de contraste, su impureza. Fue algo similar a que un sapo negro y feo cayera sobre un montón de nieve provocando un contraste sobrecogedor entre lo bello y puro y lo horrible e inmundo. Sí, aquellas flores, aquel aroma, aquellos colores eran testigos de un mundo hermoso, el de la inocencia, del que, sin saberlo, sin percatarse lo más mínimo, Gomer había salido tiempo atrás. A él, por supuesto, había pertenecido en otra época, pero el recuerdo de aquellos días resultaba tan tenue que casi se había extinguido por completo. Casi. Porque en esos instantes, lo rememoró y la remembranza le resultó como una cicatriz cuyo dolor viene activado por la cercanía del frío o de la tormenta.

Sentir, por primera vez, aquella pérdida del candor que había tenido tiempo atrás y contemplar a Oseas, que caminaba sonriente a su lado, encendió en el corazón de Gomer un pesar que no había experimentado nunca antes. Tuvo la certeza de que existió una época en que había poseído algo de inmenso valor y que, estúpidamente, al haberlo pasado por alto, lo había perdido o, peor aún, malbaratado. En tan sólo un instante, su pecho se convirtió en el blanco de un alfilerazo de hiriente amargura, la nacida de ser consciente de que había desperdiciado un regalo que, seguramente, nunca había merecido, pero que, sin embargo, había tenido en la palma de la mano. Pero ahí no concluyó su desazón. Lo peor no era el que se viera privada de todo aquello que ahora llenaba su alma de una tristeza agobiante, sino el que también se lo había quitado a Oseas. Al pobre, bueno e inocente Oseas.

Se detuvo de golpe, clavados los pies en tierra. Respiró Gomer hondo, intentando contener las lágrimas, y por sus labios entreabiertos dejó escapar el inicio de lo que pretendía que fuera una confesión completa e indispensable de todo aquello que ahora la torturaba:

—Oseas... yo...

Al captar la turbación de Gomer, que parecía envolverla como una niebla sucia y gris, por un momento, el hombre pareció desconcertado. Sus ojos la miraron fruncidos e inmersos en el deseo de comprender qué le estaba pasando a su prometida. Entonces, en un solo y fugaz instante, las cejas de Oseas se arquearon como si la sorpresa cediera el paso a la comprensión de todo, como si su entendimiento hubiera captado la naturaleza exacta de aquella situación, como si su espíritu pudiera ver mucho más de lo que alcanzaban a distinguir sus pupilas.

—Oseas... —dijo Gomer resuelta a no guardar nada.

Pero Oseas no le permitió pronunciar una sola palabra. Con gesto delicado, como si hubiera sujetado un pajarillo con la mano, como si acariciara los pétalos de una flor, le puso las yemas de los dedos sobre los labios y sonrió. Fue el suyo no un gesto alegre, sino melancólico. Como el del padre que se percata, decepcionado, de que su hijo dista mucho de ser como desea, pero aun así, desde lo más profundo de su corazón, lo sigue amando profundamente.

—Gomer, no necesito saber nada —le dijo en un susurro.

GOMER

Aquella noche, Gomer no consiguió dormir bien. Cada vez que parecía a punto de conciliar el sueño, se veía sumida en un torbellino rezumante del color de las naranjas, de la sonrisa tierna de Oseas y del aroma delicioso del azahar. Sin embargo, aquella suma de impresiones no le concedía nada parecido a la paz o al reposo. Por el contrario, la agitaba hasta que se despertaba. Una docena de veces se vio expulsada del sueño y otra docena acabó sumiéndose en él totalmente exhausta y torturada por el pensamiento de que, si unas horas antes había tenido la oportunidad de solventar la situación, esa oportunidad se le había escapado.

Sí. Era más que posible que Oseas supiera lo que a ella se refería y que incluso, en su inmensa generosidad, no quisiera entrar en esa cuestión tan espinosa. En cierta medida, era de agradecer, pero... pero ¿y si cambiaba de opinión antes de la boda o

—peor— después de la misma? Es verdad que a muchos hombres no les importaba casarse con una mujer que no era virgen, pero, por lo que había averiguado, la Torah era terminante en el sentido de que una situación así podía derivar en un proceso. En el curso del mismo, tan sólo la exhibición de las pruebas de la virginidad, de la sangre derramada durante la noche de bodas, podía evitar el repudio de la esposa y la deshonra de la familia. De sobra sabía ella que una eventualidad así no figuraba ni lejanamente entre sus posibilidades. Con esa desazón, aquella noche Gomer no logró descansar, pero, por añadidura, durante las semanas siguientes, seguido de un repudio de la esposa y de la deshonra de la familia. Y de esa manera, la espera del día de la boda se convirtió en un verdadero tormento, pero la temida fecha, al fin y a la postre, llegó.

Todo lo que sucedió aquella mañana le pareció un sueño desarrollado a una velocidad incontenible. Primero, vino su despertar cansado tras una noche de zozobra. Luego la manera en que su madre y algunas vecinas la arrancaron del lecho, la lavaron hasta sus partes más íntimas, la acicalaron y, finalmente, la vistieron. Se sentía sumida en un torbellino de prisas, de órdenes, de movimientos pequeños e invasivos, cuando, por fin, la sentaron con su traje de novia y le dijeron que esperara. Y esperó. No mucho. Porque pronto la algarabía que se escuchaba en la calle la avisó de que venían a buscarla.

Cubierta con un velo que le dificultaba la visión, sintió cómo la sacaban a la calle al encuentro con Oseas, que la esperaba como novio encargado de recogerla y llevarla hasta la sinagoga. Gomer se dijo que debería haberse sentido feliz, dichosa, emocionada. Sin embargo, lo único que sentía era un malestar creciente, el de encontrarse donde no quería y el de comprobar que no podía hacer absolutamente nada para impedirlo. El hecho de que su futuro esposo pareciera entregado a una mezcla de solemnidad y calma no sirvió, lo más mínimo, para que saliera de su semi estupor.

Mientras caminaba por la calle rodeada de chiquillos que lanzaban gritos de alegría y de mujeres que comentaban señalando con el dedo los detalles de la comitiva, Gomer llegó a pensar en que podía desmayarse y se preguntó si un súbito desvanecimiento no la libraría de todo. Pero nada de aquello con lo que fantaseaba se produjo. Todo lo contrario. Las calles, como si caminaran por sí solas, pasaron por debajo de sus pies, como si se movieran solas, como si tuvieran vida propia.

Las fases del ritual se sucedieron de una manera precisa, casi mecánica. Las palabras de bienvenida, la petición de consentimiento a los contrayentes, la invocación de la Torah… y ya, como un diente que se cae, como una costra que se desprende, como una uña que se corta, se encontró casada y entonces a su lado se formó un remolino de gente que la besaba, que la abrazaba, que la felicitaba.

—¡Ahora a llevar flores a la Virgen! —gritó la voz de una anciana.

—Sí. ¡Eso, eso! ¡A llevar flores a Anat!

Aquellas voces de entusiasmo sacudieron en un instante el letargo de Gomer. Sí, quizá, debían apartarse de aquella gente y acudir al santuario de la Virgen. Si lo que le había dicho su amiga era verdad, si verdaderamente escuchaba las oraciones, si podía ablandar el carácter de Dios…

—No vamos a ir.

Las palabras que acababa de escuchar le produjeron la misma reacción que un jarro de agua lanzado sobre el rostro de un aturdido borracho. ¿Qué acababa de decir Oseas?

—Pero, Oseas… —comenzó a decir Diblaim— Es costumbre…

—Yo no me guío por las costumbres sino por los mandatos de la Torah —respondió Oseas con un tono de voz suave, pero que no dejaba lugar a dudas.

—Sí… entiendo, hijo… —farfulló el padre de Gomer—, pero… tienes que entenderlo… la familia… la gente…

—Diblaim —respondió Oseas—, eres el padre de mi esposa y te respeto y aprecio, pero yo no tomo mis decisiones por lo que la familia o la gente pueda querer o pensar. Yo me debo a Dios.

Gomer, hundida en un silencio perplejo, se percató de que algunas personas habían comenzado a rodear a su esposo y a su padre.

—¿Qué dice? —preguntó una vieja demasiado baja como para poder ver lo que sucedía.

—Que no van a llevar flores a la Virgen —le respondió susurrante un joven.

—Que no… pero ¿por qué?

—Dice que sólo obedece a la Torah.

—¡Qué fanático! —opinó con desagrado un hombre de vientre abultado y rostro casi totalmente cubierto por una barba negra.

—Desde luego —corroboró una matrona—. Total, si lo hace todo el mundo… Una costumbre de toda la vida.

—La comida se va a enfriar —dijo, de repente, Oseas a la vez que agarraba la mano de Gomer y tiraba de ella.

Emprendieron el camino hacia el lugar donde debía celebrarse el banquete nupcial, en medio de una nube de comentarios de sorpresa y desconcierto.

—Ah, pero ¿no van a llevar las flores a la Virgen?

—Pues eso da mala suerte.

—Sí, así lo único que se van asegurar es la desgracia. ¿Cómo se puede dar la espalda a la Virgen?

—A mí este novio…

Llegaron así a la casa y tomaron asiento bajo las miradas de personas que contemplaban a los esposos con una mezcla de desconcierto y desaprobación. Desde luego, lo que había hecho Oseas no le había gustado a nadie. Absolutamente a nadie.

Gomer se acomodó y se dispuso a soportar aquel ritual intermedio antes de la noche de bodas. Lejos de sentirse feliz, notaba sobre su pecho una presión creciente y unas ganas casi incontenibles de romper a llorar. Creía que no podría soportarlo más cuando notó cómo Oseas tomaba su mano derecha y depositaba algo en la palma. Antes de que pudiera comprobar de lo que se trataba, su marido se inclinó sobre su oído y le dijo:

—Es para ti.

Gomer levantó la mano y contempló lo que acababa de entregarle su esposo. Se trataba de una figurita blanca y redonda. A decir verdad, parecía una bola que en un extremo hubiera estallado.

—Es una granada —le dijo con voz dulce Oseas—. No… no soy muy aficionado a estas cosas, pero la vi y pensé que te gustaría. En cierta medida… en cierta medida, yo desearía que nuestro matrimonio fuera como esta granada.

—¿Qué quieres decir? —preguntó Gomer.

—Bueno —sonrió Oseas—. Ya te lo puedes imaginar. Dulce, suave y con semillas que puedan dar lugar a otras granadas.

Los ojos de Gomer se inundaron de lágrimas al escuchar aquellas últimas palabras. Sí. A ella también le gustaría que su matrimonio fuera así. Sabía que nada había ido bien hasta entonces, que había hecho cosas que ahora lamentaba, que tenía miedo, mucho miedo a lo que pudiera acontecer en tan sólo unas horas. Pero si todo eso pudiera superarse… si tan sólo existiera la posibilidad de que la vida que estaba comenzando fuera algo distinto… Y entonces apretó con fuerza la figurita de marfil y elevó su corazón al Dios de Oseas, y, sin despegar en absoluto los labios, le pidió que la protegiera para que todo saliera bien.

El sol estaba a punto de ocultarse cuando terminaron un banquete cuyos platillos apenas probó. Luego, rodeados de una gente que todavía manifestaba su desaprobación porque no habían llevado las flores a la Virgen, se dirigieron hacia la casa y entonces el miedo, dormido durante las horas previas, volvió a hacer acto de presencia atenazándole el corazón.

Hubiera querido Gomer escapar antes de llegar a lo que iba a ser su hogar, pero, una vez más, se sintió arrastrada por aquella masa de gente que canturreaba, chillaba y murmuraba. Y así llegaron a la casa.

Diblaim y su esposa abrazaron a los recién casados. La madre seguía con el rostro cubierto por una expresión de desagrado y daba la impresión de no quererse separar de Gomer, pero Diblaim tiró de ella deseoso de abandonar cuanto antes aquel lugar.

—¡Vamos, vamos! Déjalos solos —dijo tirando de su esposa—. Se acaban de casar. No querrás que te inviten a pasar la noche con ellos.

Apartó así a su mujer de la pareja y luego fue empujando levemente a los que estaban situados al lado de la casa. Sí, seguramente, aquel hombre fuera un fanático, se dijo el padre de Gomer, pero no dejaba de ser un alivio el ver que su hija estaría a partir de ahora al cuidado de otra persona y que esa persona era, por añadidura, alguien decente.

Gomer vio cómo se alejaban sin dejar de dar gritos y de entonar canciones apenas inteligibles. Hubiera deseado contemplarlos un poco más, pero Oseas la tomó del brazo y, suavemente, la introdujo en la casa. A continuación, sonriente, cerró la puerta y después se apoyó en ella como si quisiera evitar que alguien la pudiera abrir. Tenía los párpados cerrados y, por un instante, no se movió. Luego los abrió de nuevo y Gomer tuvo la sensación de que sus ojos sonreían.

—Pensé que no se iba a acabar nunca... —dijo con un tono de voz, a la vez, divertido y susurrante.

Gomer hubiera deseado devolverle a su esposo aquella sonrisa alegre, pero estaba tan atemorizada que tan sólo le salió una mueca. Entonces Oseas se apartó del umbral, cruzó de una zancada la breve distancia que los separaba y la tomó de la mano.

—Vamos, Gomer... —dijo en el mismo tono de voz que ahora aparecía teñido de una dulzura especial.

Gomer lo siguió casi arrastrada, como si los pies se le hubieran convertido en piedra y las piernas fueran trozos de madera que le costaba mover. Había llegado el momento de la verdad, el que había temido durante meses, y nada podía hacer para evitarlo. Bien, pues mejor. No debía haber sido tan débil la tarde del paseo a la vera de los naranjales de Bilhi. Ahora carecía de sentido quejarse de su falta de valor entonces. Lo que tenía que hacer era enfrentarse con la situación y era mejor que lo hiciera ahora y no esperar a que el hombre con el que acababa de casarse lo descubriera por sí mismo.

—Oseas —dijo desasiéndose de su mano—. Antes de entrar... ahí, tengo algo que decirte.

El esposo se detuvo y la miró. Fue la suya una mirada muy especial, como si se tratara de un piloto que navegara por encima de un mar de tristeza, pero supiera cómo maniobrar con la habilidad suficiente como para no hundirse.

—No creo que… —comenzó a decir, pero Gomer le impidió seguir hablando.

—Debo decírtelo y debo hacerlo ahora —se impuso la mujer—. Mira, Oseas, no es que esté orgullosa de ello… bueno, tampoco me parece tan grave… el caso… el caso es que… no soy virgen.

Una nubecilla ensombreció por unos instantes los ojos de Oseas, pero fue justo antes de que una sonrisa, profundamente melancólica y, a la vez, inmensamente dulce, devolviera la luminosidad a su rostro. Levantó la mano derecha y la acercó a la cara de Gomer. Por un instante, la mujer temió que fuera a abofetearla y, atemorizada, retiró la cara. Sin embargo, en lugar de un golpe, Oseas depositó en la mejilla de Gomer una caricia suave y, a continuación, le dijo:

—No te preocupes. Te lo ruego, no te inquietes. Fue Dios el que me dijo que me casara contigo.

GOMER

Si alguien hubiera preguntado a Gomer si fue feliz durante los primeros tiempos de su matrimonio, habría tardado unos instantes en contestar. Aquella nueva vida no había sido, desde luego, algo que se correspondiera con las imágenes difusas que se había formado acerca de la felicidad. No había tenido momentos de arrobo, ni transportes de amor, ni sentimientos tan profundos que casi se acercaran a la locura y, sin embargo… sin embargo, tras esos instantes dedicados a negaciones aclaratorias, Gomer habría respondido que sí había sido feliz.

Oseas había dejado de manifiesto que era diferente de los otros hombres. Se abstenía de beber e incluso de acudir al templo donde la gente dispensaba culto a las imágenes fundidas por orden del primer Jeroboam. Sobre todo, tenía accesos de pesar e incluso de pasajera irritación al contemplar cómo la gente rezaba a la

Virgen o le pedía que intercediera ante Dios o, a pesar de aquellas declaraciones de religiosidad, se entregaba a una forma de vida que consideraba inmoral. Cuando Oseas contemplaba alguna de esas situaciones, se entristecía tanto que podía dejar de comer o se encerraba en su cuarto a orar durante horas para salir anunciando el juicio de Dios en unos términos que helaban la sangre en las venas.

—La piedad de Israel es como la nube de la mañana, y como el rocío que de madrugada viene —decía con pesar—. Realizan sacrificios, pero no servirá de nada. Porque Dios quiere misericordia y no sacrificio; y conocimiento de Él y no holocaustos.

A Gomer, aquellas palabras le creaban una enorme desazón. Oseas parecía empeñado en subrayar que el simple hecho de ser religioso no servía de nada. Bueno, según se mirara, si acaso, servía para que quedara de manifiesto que Dios no podía sentirse ni contento ni satisfecho con gentes que podían realizar ceremonias en Su nombre para luego llevar una vida que poco o nada tenía que ver con Sus mandamientos. Afirmaciones como aquellas incomodaban a Gomer, aunque, todo hay que reconocerlo, acababa consiguiendo, poco a poco, olvidarse de ellas.

A pesar de todas aquellas peculiaridades, de aquellas manifestaciones de su carácter tan excesivamente personales, Oseas no era alguien con quien resultara difícil convivir. A decir verdad, su comportamiento, cuando no se dejaba arrastrar por lo que ardía en el interior de su espíritu, resultaba muy agradable y tierno y, desde luego, no hubiera podido decirse que fuera triste. Todo lo contrario. Sabía bromear y desprendía un gozo sereno. Sí, las únicas excepciones a esa conducta eran, sin duda, sus reacciones al ver lo que consideraba transgresiones de la Torah.

En otras palabras, a Gomer no se le hubiera ocurrido negarse a sí misma que los puntos de vista de Oseas le parecían un tanto extremos, pero, dado su buen carácter, se decía que se le podía aceptar y que, desde luego, era mucho mejor que la inmensa mayoría de los maridos que había llegado a conocer. Incluso cuando, al cabo de unos meses, quedó embarazada, llegó a preguntarse si aquella manera de ver las cosas, aunque no le gustara del todo, no resultaría mucho mejor ahora que estaba a punto de traer un nuevo ser al mundo. Sí, para una criatura que llegaba indefensa, una sociedad basada en la Torah siempre iba a ser mucho más segura que aquella en la que ahora vivían.

Sin embargo, aquella visión de su embarazo no le duró a Gomer mucho tiempo. Quizá el cambio de su punto de vista comenzó a gestarse a medida que iban naciendo los hijos. El primero fue un niño. Gomer habría deseado llamarlo Binuí como su padre o, quizá, Oseas como su marido. Pero él se había opuesto.

—Bien —había dicho un tanto molesta— ¿Y cómo quieres que se llame?

—Jezreel —había respondido Oseas con una seguridad pasmosa, como si llevara meses pensando en aquel horror de nombre.

—¿Jezreel? —había preguntado Gomer—. Pero... pero ¿qué clase de nombre es ése? ¿Por qué tendría que llevarlo mi niño? ¿Acaso hay alguien de tu familia que se llame así?

Pero Oseas no había parecido nada conmovido por aquellas preguntas. Por el contrario, con un aplomo desconcertante le había explicado:

—Porque Adonai ha dicho: dentro de poco visitaré las sangres de Jezreel sobre la casa de Jehú, y haré que cese el reino de la casa de Israel. Y sucederá que aquel día quebraré yo el arco de Israel en el valle de Jezreel.

Durante los primeros meses después del nacimiento de Jezreel, Gomer sufrió de fiebres. Seguramente por eso, su estado de estupor, el estupor que le había ocasionado Oseas, no había llamado demasiado la atención de familiares y vecinos. Sin embargo, la realidad había sido muy diferente.

Gomer se había quedado sin palabras al escuchar la explicación que le había dado su marido acerca del nombre del niño. A decir verdad, hasta el día de la circuncisión de la criatura, apenas había sido capaz de articular palabra. No, no es que su marido la hubiera convencido, pero ¿de dónde había sacado aquella seguridad? Y, por encima de todo, ¿qué era aquello de que Adonai le hablaba? Que Oseas hablaba a Dios era algo de lo que no le cabía la menor duda —¡dedicaba horas a tan cansado esfuerzo!—, pero que Dios le respondiera y, sobre todo, que le dijera cosas como aquellas... bueno, eso era harina de otro costal.

A la sorpresa y el estupor había sucedido el temor. La verdad es que si se pensaba en aquellas palabras resultaba inevitable tener miedo. ¿Qué pretendía su marido afirmando que Dios iba a juzgar a la Casa Real? Y, sobre todo, ¿qué significaba eso de que iba a quebrar el arco de Israel? Durante un tiempo, Gomer se inquietó por aquellas preguntas que no podía responderse y que tampoco se atrevía a formular a su marido, pero luego, poco a poco, había vuelto a llevar una vida normal. A decir verdad, resultó tan normal que no había tardado en quedarse embarazada de nuevo.

Esta vez, la criatura había sido una niña y, de nuevo, su marido había sido el que había decidido el nombre que debía llevar.

—Se llamará Lo-ruhama —había anunciado con la misma tranquilidad con que podía haber dado los buenos días o pedido que le pasara un pedazo de pan.

¿Lo-ruhama?, pensó Gomer. ¿No compadecida? De ninguna de las maneras. ¡De ninguna de las maneras!

—Mi niña no va a llamarse de esa forma… tan horrorosa —había dicho intentando aparentar una firmeza de la que, en realidad, carecía.

—¿Por qué te parece horrorosa? —había preguntado Oseas con un tono de voz que sonaba sorprendido.

—¿A ti no te lo parece?

Oseas había negado con la cabeza.

—Pero ¿cómo te puede gustar algo así? Lo-ruhama. No compadecida. ¡Vaya futuro que le espera a nuestra hija con ese nombre!

—Adonai —comenzó a explicar Oseas— ha dicho: ya no tendré misericordia de la casa de Israel, sino que los desarraigaré del todo.

—Oseas… Oseas… —protestó con un hilo de voz Gomer—, pero ¿qué te ha hecho nuestra patria? ¿Qué pasa? ¿De Judá no tienes nada que decir?

—Es Adonai el que lo dice: de la casa de Judá tendré misericordia, y los salvaré y lo haré sin arco, ni espada, ni batalla, ni caballos ni jinetes.

Gomer no sufrió de fiebres esta vez, pero su inquietud resultó aún mayor que tras haber dado a luz a Jezreel. Ya no sólo se trataba de que Oseas no viera con buenos ojos al rey de Israel. Además se permitía hablar bien de la gente del sur, de los judíos, de los enemigos seculares de su patria. Pero ¿se daba cuenta del riesgo que corría si llegaba a saberse que pensaba cosas así? ¿Se imaginaba lo que podría sucederle si aquello llegaba a oídos de las autoridades? Había acabado planteándoselo de manera directa una tarde. ¿Era consciente de los riesgos que corría tanto él como su familia por sustentar aquellas opiniones? Buscaba Gomer una respuesta y, sin duda, Oseas se la había dado:

—Adonai me ha ordenado decirlo.

—Adonai… —había repetido incrédula Gomer— Adonai… ¿Adonai? Pero, vamos a ver, Oseas… tú… tú eres un hombre casado… y… y ¿si te pasa algo? ¿No te preocupa lo que pueda sucedernos a mí y a los niños? ¿Quién se va a ocupar de nosotros? ¿Adonai?

Otro hombre se habría negado a responder a Gomer o su respuesta se habría caracterizado por la aspereza. Sin embargo, Oseas se había limitado a sonreír.

—No te quepa la menor duda de que Adonai cuidaría de vosotros mucho mejor de lo que yo pudiera hacerlo.

Durante los meses siguientes, Gomer no había dejado de reflexionar en aquellas palabras. Lo había hecho mientras daba de mamar a Lo-ruhama, mientras preparaba la comida para Oseas y Jezreel, mientras lavaba la ropa de la familia en el arroyo. Sin embargo, cuanto más había reflexionado en todo aquello más inquieta se había sentido. No era que no creyera en Adonai. Claro que sí. Alguien tenía que haber creado el cielo y la tierra y los animales, pero la manera en que su marido creía… bueno, eso ya era otro cantar. Su corazón parecía estar centrado de una manera profunda —y para ella inexplicable por lo estricto— en «ese» Dios. Haciendo caso de su amiga Leah, Gomer había comenzado a dirigirse a la Virgen Asera y, de hecho, cuando Oseas no podía descubrirla, se acercaba a alguno de sus santuarios en petición de ayuda. Le inspiraban confianza aquellas imágenes. Le parecía que al hablarles, hablaba directamente con la Virgen Anat y con Baal y que, por supuesto, ellos la escuchaban. Estaba convencida de que aquella imagen la oía y de que iba a hablar con Dios y de que con su dulzura femenina iba a convencerlo de que derramara sobre ella bendición tras bendición. Sí, no podía dudar de que la prosperidad descendería sobre ella en forma de aceite, de trigo, de vino y de una salud que no se vería ni siquiera rozada por la enfermedad. Pensaba en todo ello y se sentía reconfortada como si los brazos de la Virgen la rodearan proporcionándole seguridad.

Pero Oseas... ¿cómo podía sentirse tranquilo hablando al vacío, a un Dios invisible que prohibía ser representado? Se había preguntado por ello mil y una veces en el curso de aquellos meses. Justo hasta que había destetado a Lo-ruhama, y había vuelto a concebir. Esta vez había dado a luz a un nuevo varón y, por tercera vez, Oseas había indicado cuál iba a ser su nombre.

—Se llamará Lo–ammí —había dicho con su tranquilidad característica.

Lo–ammí, había pensado Gomer. «No mi pueblo». ¡Vaya un nombre para un niño! Claro que, teniendo en cuenta cómo se llamaban sus hermanos...

—Ése será su nombre —había indicado Oseas—, porque Adonai ha dicho: vosotros no sois mi pueblo, ni yo seré vuestro Dios. A pesar de todo será el número de los hijos de Israel como la arena del mar, que no se puede ni medir ni contar. Y sucederá, que donde se les ha dicho: Vosotros no sois mi pueblo, les será dicho: Sois hijos del Dios viviente. Y los hijos de Judá y de Israel serán congregados en uno, y levantarán la cabeza, y subirán de la tierra: porque el día de Jezreel será grande.

Gomer estaba profundamente impresionada cuando Oseas había terminado de pronunciar aquella parrafada. No estaba segura de haber entendido lo que había dicho, pero el tono... sí, Oseas tenía una manera especial de expresarse. No gritaba, ni siquiera alzaba la voz, pero desprendía una sensación de seguridad que, en ocasiones, la sobrecogía. Se había preguntado qué parte de verdad habría en aquellas palabras, qué se correspondería con la realidad y qué con la imaginación, y, sobre todo, quién era, en realidad, su marido.

—¿Lo–ammí, eh? —había dicho al fin Gomer—. Bueno, como tú quieras…

Había creído la mujer que la llegada de aquel hijo iba a resultar algo semejante a la de los anteriores. Sin embargo, la realidad iba a revelarse muy distinta. De hecho, aquel embarazo provocó en Gomer efectos inesperados.

Todo comenzó una mañana en que, como tenía por costumbre, bajó al arroyo a lavar. Había terminado su tarea cuando se puso en pie y se percató de su reflejo sobre la tranquila superficie de las aguas. No pudo entonces reprimir un escalofrío. De repente, la corriente, limpia como un cristal, le devolvió la imagen de una mujer que había engordado, perdiendo casi la totalidad de las formas gráciles que tan sólo tres años antes habían perfilado la figura juvenil de Gomer. No. No podía ser, pero era. Aquella muchacha jovencita que había contraído matrimonio con Oseas ya no existía. Su lugar lo ocupaba —¡vaya si lo ocupaba!— una matrona, cuyos rasgos no eran, sin duda, los de una vieja, pero que había abandonado definitivamente los años verdes de la vida.

Aquella consciencia —que había permanecido aletargada durante los embarazos anteriores— saltó ahora sobre el alma de Gomer como si se tratara de una fiera que, largo tiempo, hubiera esperado al acecho. Pero… pero ¿en qué se había convertido?

Había recorrido el camino de regreso a casa sumida en un pesar sordo y asfixiante que le había impedido respirar con normalidad y que la había obligado a detenerse un par de veces no porque la ropa recién lavada le pesara mucho, sino porque llevaba una carga insoportable sobre el corazón.

Cruzó la puerta apenas unos momentos antes de que Lo–ammí rompiera a llorar. Estaba mojado y además tenía hambre. Gomer lo limpió y luego sacó uno de sus pechos de debajo de la ropa para alimentar al niño. Apenas sintió el pezón en la boca, la criatura se sosegó y comenzó a comer con buen apetito. Pero aquella tranquilidad no se transmitió a su madre ni siquiera cuando lo dejó en la cuna completamente dormido. Por el contrario, Gomer procedió a descubrirse los senos y comenzó a examinárselos con aprensión. Le parecieron, en aquel momento, enormes, gordos, fofos y apenas pudo contener las ganas de romper a llorar. Se contuvo, pero, con rapidez, como si le urgiera, comenzó a despojarse de la ropa que le cubría el cuerpo.

No se había desnudado del todo y ya estaba llorando como si acabaran de anunciarle una desgracia. Le pareció que su vientre se hallaba inflado y deformado por los tres partos, que los muslos desbordaban de grasa acumulada, que las caderas se habían hinchado… pero… pero ¿cómo había podido sucederle aquello? ¿Cómo se había operado aquella cadena de transformaciones? ¿Cómo era posible que su cuerpo, que era tan hermoso, hubiera experimentado aquella mutación tan horrible, tan espantosa, tan fea? Abrumada, se arrojó sobre el lecho y dejó que los sollozos la sacudieran como el viento impetuoso azota las ramas inermes de los arbolillos. Estuvo así un tiempo largo, prolongado, inacabable, hasta que el llanto le provocó tanto cansancio que, exhausta, se durmió.

GOMER

T—¿Te pasa algo, Gomer?

Abrió los ojos e inmediatamente notó los párpados hinchados, doloridos y pegajosos.

—¿Estás enferma? —volvió a sonar la voz esta vez con un ligero tinte de inquietud.

¡Oseas! Debía de haberse quedado dormida y ahora la estaba despertando.

—No... —comenzó a decir mientras notaba la lengua como una masa de carne que le llenara la boca— Volví muy cansada de lavar y me eché a reposar un rato. Bueno, el caso es que he debido de quedarme dormida...

—Sí. Así parece —dijo Oseas mientras a su rostro asomaba una sonrisa suave. Sin duda, se sentía aliviado al contemplar que no le pasaba nada.

—Ahora me levanto —anunció Gomer.

—No creo que haya prisa —señaló Oseas—. Puedes seguir tendida.

Gomer abandonó el lecho, al cabo de unos instantes, pero, en no escasa medida, continuó postrada durante los meses siguientes. No se trataba ya de que, de pronto, hubiera comenzado a sentirse incómoda con su cuerpo. Más bien el problema consistía en que su vida había amanecido teñida con los colores de lo insoportable. Hasta aquel momento, Gomer había vivido absorbida por las tareas cotidianas sin encontrar en ellas nada de pesado o desagradable. Los niños habían ido naciendo y creciendo sin especiales complicaciones, Oseas seguía mostrándose atento y tierno. Incluso el sustento cotidiano y sencillo no planteaba especiales dificultades. Pero, de repente, como si despertara de un sueño, si no agradable, al menos, tranquilo. Gomer se sintió presa de una angustiosa desazón que afectaba cada instante de su existencia.

De la noche a la mañana, Gomer comenzó a añorar con una premura cada vez más incontrolable la despreocupación, la diversión, la variedad que habían caracterizado su existencia antes de contraer matrimonio. Las tareas cotidianas dejaron de ser contribuciones a la felicidad doméstica para convertirse en una dolorosa sucesión de ásperas servidumbres. Sus hijos, a los que amaba, poco a poco, se le fueron convirtiendo en unas criaturas molestas, lloronas y hambrientas que, para remate, tenían nombres caprichosamente extraños. Su marido, que se comportaba como siempre, se le fue perfilando como un hombre monótono, cansado, soso, que sólo servía para llenar de más aburrimiento sus días.

Por si todo lo anterior fuera poco, reparó en la modestia con la que llevaban viviendo todos aquellos años. Hasta entonces había pensado que no les faltaba nada y que, aunque carecían de lujos, su vida no resultaba esencialmente distinta de la que había tenido en casa de sus padres. Ahora, sin embargo, llegó a la conclusión de que su pasar cotidiano se reducía a una especie de adocenada, triste y austera cautividad.

Si hasta entonces sus miradas habían estado centradas en los quehaceres de cada día y en la mejor manera de satisfacer las necesidades de los suyos, de repente, sus ojos comenzaron a fijarse en las siluetas esbeltas de las jovencitas, en los vestidos multicolores de mujeres más acomodadas, en los aderezos de cabellos y pies de féminas con mayor fortuna. En algo debió de reparar Oseas, porque, ocasionalmente, le traía unas flores recogidas en el campo o un trozo de un panal con una miel especialmente delicada e incluso llegó a realizar economías para que pudiera comprar unos zapatos que le habían agradado sobremanera en una visita que habían realizado a una de las ciudades de Israel. Sin embargo, todo aquello que antes la hubiera animado, colmándola de alegría, sirvió ahora sólo para agudizar su sensación de infelicidad. De buena gana habría cambiado aquellas flores por un pedazo de tela cara o habría trocado por unos aretes de metal aquella miel. Desgraciadamente, ninguna de esas posibilidades se hallaba en sus manos.

Una mañana se dirigía hacia el pozo con el cántaro sujeto sobre la cabeza cuando escuchó que gritaban su nombre. Andaba tan absorta en sus pensamientos que, por un instante, se dijo que, con seguridad, no había escuchado bien. Además, ¿quién podía tener interés en dirigirse a ella?

—¡Gomer! —insistió la voz—. ¡Gomer! ¿Estás sorda?

Se giró sobre sí misma y contempló a una mujer cuyas facciones le resultaron vagamente familiares. Llevaba un vestido de hermoso color verde y, por encima de sus ojos negros, pintados para conseguir resaltar su tamaño y tonalidad, descansaba el extremo de un delicado velo azul sobre el que resaltaban brillantes monedas de oro. No estaba segura de haber contemplado nunca a una dama tan extraordinariamente ataviada y en ese instante se quedó momentáneamente sin respiración.

—Pero Gomer, ¿qué te pasa? —insistió la mujer.

Y entonces… entonces, como si se descorriera una cortina o se disipara una espesa cortina de humo, la reconoció. Sí. Claro. Sí, era ella.

—¡Sara! —dijo Gomer presa de la mayor de las sorpresas.

—Sí, soy yo —reconoció la mujer a la vez que dejaba escapar una carcajada divertida y abría los brazos a su antigua amiga.

Gomer respondió al gesto de Sara y, de manera inadvertida, soltó el cántaro que llevaba sujeto sobre la cabeza. El recipiente, privado del sostén que le proporcionaba su dueña, se deslizó cayendo contra el suelo y rompiéndose en pedazos.

—Ay, Dios mío… —se lamentó Gomer, a la vez que se llevaba las manos a la cara en señal de profundo pesar.

—No te preocupes —dijo Sara a la vez que la rodeaba con sus brazos y comenzaba a besarle las mejillas—. Es un jarro barato.

Sí, lo era, se dijo Gomer. No podía negarse, pero se trataba del que utilizaba para llevar el agua a casa y se acababa de quedar sin él.

—No sé qué voy a hacer ahora… —pensó en voz alta mientras contemplaba los pedazos de loza, húmedos e inertes.

—Pues acompañarme a casa… —dijo Sara mientras le tiraba del brazo.

—Es que no tengo otro… —dijo Gomer y al instante sintió cómo las mejillas comenzaban a arderle por aquel reconocimiento de su pobreza.

—¡Pues vaya problema! Anda. Ven conmigo y te daré otro. ¡Y mejor!

Echó Gomer un vistazo pesaroso a lo que había sido hasta hacía tan sólo unos instantes su jarro. Dejó luego escapar un suspiro y echó a andar al lado de su amiga.

Realizó el camino sin despegar los labios. Sara, desde luego, la arrastraba presa de un gozo entusiasta, como si el reencuentro con su antigua amiga le hubiera proporcionado la alegría de la jornada. Por su parte, iba Gomer envuelta en la sorpresa del reencuentro, pero, aun así, sus sentidos se fueron llenando de sensaciones que la iban dejando abrumada. No sólo se trataba de que se había percatado de que las dos sirvientas las seguían con una obsequiosidad envolvente, sino también de la suavidad de la ropa que llevaba Sara y que podía percibir mientras la tomaba del brazo, del aroma a rosas que procedía de su pelo y de su cuello, y del tintineo continuado y rítmico de todas las joyas que había distribuidas a lo largo de su cuerpo desde, literalmente, los pies a la cabeza. No podía caber la menor duda de que Sara era rica. No sólo se podía ver, es que además resultaba posible palparlo y olerlo.

No hubiera deseado que así fuera, pero lo cierto es que la percepción del caudal de su amiga produjo en Gomer una incómoda sensación de vergüenza. Se sentía, de repente, como un pordiosero al que un acomodado terrateniente hubiera recogido en la calle solamente para arrojarle un pedazo de pan. A decir verdad, se dijo, así eran las cosas. Sara la había visto pobre, quizá incluso miserable, y había decidido regalarle un cántaro que, a buen seguro, sería mucho mejor y más hermoso que el que se le había roto de la manera más estúpida. Y así, envuelta en aquel torbellino de sensaciones apesadumbradas y sonrojantes, llegaron a la casa de su amiga.

Le bastó vislumbrarla a lo lejos para decirse que ésa hubiera sido la morada que habría deseado tener. Impolutamente blanca y con unas amplias ventanas en el piso superior que permitían el paso del aire en los meses del estío, destacaba como una perla situada encima de un montón de joyas. Y no era sólo el aspecto del edificio. Además, aquel lugar, como sucedía con Sara, emitía una fragancia especial. Sí, claro, se debía a los naranjos, cuyas flores de azahar embalsamaban la brisa fresca de la mañana.

Fue llegar aquel aroma hasta las ventanas de su nariz y, de manera inmediata, se despertó en su interior un vendaval de recuerdos. Se vio paseando a las afueras del pueblo con Oseas cuando aún no habían contraído matrimonio, se sintió transportada a un cuerpo más joven y grácil y, por encima de todo, se notó un corazón más ligero que latía en una época en que todavía soñaba con ser feliz. Y mientras el recuerdo la ceñía con sus alas, a la vergüenza de su pobreza se sumó un pesar profundo, espeso, casi pegajoso, que le decía que todo aquello había pasado, que nunca regresaría y que había desperdiciado su vida miserablemente.

Aquella sensación se agudizó dolorosamente al cruzar la cancela del muro que rodeaba la casa de su amiga y contemplar un caminillo blanco que desembocaba en la casa y que estaba flanqueado por un huerto. Higueras, vides, naranjos, granados, manzanos proporcionaban una sombra suave y grata a la vez que anunciaban su disposición a entregar generosamente sus frutos a los que habitaban en la casa. Aparecían aquellos como tachonados en masas de verde de distinta contextura y tonalidad y Gomer se sintió tentada de detenerse y observar, siquiera por un momento, siquiera en parte, la hermosa abundancia que se concentraba a los lados de la senda. Pero no pudo hacerlo. Ni su amiga Sara ni las sirvientas, acostumbradas a todo aquello, continuaron caminando y llegaron hasta la casa.

—Ven. Entra —le dijo Sara sonriente a la vez que le hacía un gesto de invitación con ambas manos.

Una sensación de grata frescura la rodeó al penetrar en el edificio. Sí. El interior aún resultaba más hermoso, si cabía, que el armonioso exterior. Por un pasillo aireado y ancho, llegaron a un patio interno en cuyo centro una fuentecilla redonda arrojaba agua hacia el cielo provocando un hermoso cascabeleo con las gotas innumerables que volaban efímeramente para luego estrellarse contra la copa. Hubiera deseado Gomer detenerse a observar aquella filigrana de agua e incluso a jugar con el chorro líquido y hasta a lavarse las manos, pero Sara la iba empujando sin pausa y así prosiguieron su camino hasta que llegaron a una habitación espaciosa y rebosante de luminosidad.

Por un instante, Gomer se quedó parada en el umbral, asombrada ante la magnitud de una estancia en cuyo interior habría cabido holgadamente toda su casa. Penetraba en ella la luz, pero suave y templada, como si al atravesar los delicados alfeizares de las ventanas se viera privada de su cálida aspereza y así pudiera extenderse como lo hace el ungüento más fino al caer sobre los cabellos.

—Siéntate, Gomer —dijo Sara mientras le señalaba con la mano los montes de cojines labrados que cubrían buena parte del suelo.

Obedeció Gomer y comprobó que, en lugar de tierra prensada, pisaban sobre baldosas pulimentadas y que ahora se podía recostar en mullidas superficies formadas por tejidos de una suavidad digna de vestir las partes más íntimas de una reina. Apenas hubo tomado acomodo, la mirada de Gomer chocó con sus pies y, por enésima vez, sintió cómo la vergüenza se apoderaba de ella. Sus sandalias estaban gastadas, tanto que habían perdido el color, y sus dedos aparecían avejentados, tan desprovistos de la lozanía que habían tenido en el pasado que se le antojaron tristes manojos de sarmientos resecos. Sólo una vigorosa palmada consiguió arrancarla de aquella visión de sí misma que la mortificaba.

—¡Traed agua! —escuchó que decía con voz autoritaria Sara—. ¡Lavad los pies a la señora!

De buena gana se habría opuesto Gomer, pero, a decir verdad, no tuvo tiempo. Como si hubieran estado esperando las órdenes de la dueña de la casa, tres sirvientas aparecieron por la entrada y se inclinaron ante la invitada. Como si nunca se hubieran dedicado a otra tarea, la descalzaron, introdujeron sus pies en una jofaina con agua templada, los frotaron y luego, con suma delicadeza, se los secaron valiéndose de una toalla de lino suave. Pero todo aquel ceremonial —que a otro le habría producido una enorme satisfacción— sólo causó pesar a Gomer. El ver aquella parte de su cuerpo limpia y perfumada únicamente sirvió para proporcionarle un doloroso contraste con el resto de su ser.

—Y ahora nos traerán la comida —anunció sonriente Sara—. ¡Venga, gandules! ¡Moveos!

La ceremonia del lavatorio de pies se repitió ahora con un aguamanil hermosamente labrado, destinado a despojar las manos de cualquier mal olor o suciedad. Luego, como si fueran guiados por hilos invisibles, los criados fueron depositando delante de las dos mujeres bandeja tras bandeja de comida. Lo que se desplegó ante los ojos de Gomer no fue sólo los platos habituales con queso de oveja y aceitunas, o las ensaladas de hortalizas y legumbres. También se sumaron fuentes redondas e inmensas atestadas de aves asadas y de pedazos de carne de cordero y de vaca. Bien escogidos y mejor cocinados y aderezados, aquellos manjares provocaron en Gomer una sensación de verse abrumada muy superior a las que había ido sufriendo desde que se había encontrado con Sara. Si Jezreel o Lo-ruhama pudieran llevarse aquello a la boca…

—¿Sigues casada, Gomer?

La pregunta de Sara la arrancó de sus reflexiones con la misma brusquedad que si la hubiera sacado de un sueño.

—Sí… claro… —respondió sin saber muy bien si había entendido la pregunta—. Sigo casada…

—¿Y qué tal te va esa vida?

—Bien… tengo… tengo tres niños… pero —añadió de manera innecesaria e inmediata— no nos falta de nada.

—Ya… —dijo Sara a la vez que una sonrisa burlona se columpiaba del extremo de sus labios—. Ya veo.

—¡Vaya! Así que mi pequeña Sara tiene visita…

No había terminado de sonar la frase cuando la amiga de Gomer se incorporó como movida por un resorte y echó a correr hacia la entrada de la estancia. En apenas unos instantes, llegó y se abalanzó sobre un hombre cuyo rostro no acertó Gomer a contemplar porque quedó cubierto por el abrazo de Sara. No hubiera podido precisar Gomer cuánto tiempo duró aquel beso, pero tuvo la sensación de que había sido muy, muy prolongado, desde luego mucho más de lo que resultaba decoroso en público. Luego, de manera brusca, el rostro de Sara se apartó del recién llegado y, volviéndose a Gomer, dijo:

—Éste es Rubén.

Gomer quedó desilusionada al contemplar al hombre. Era, sin duda, mayor, mucho mayor que Sara, pero ¿cuántos años? ¿Veinticinco? ¿Treinta? No. Seguramente más. El recién llegado podía haber sido no el padre, sino el abuelo de Sara. Quizá lo era, pero... pero no recordaba Gomer que hubiera en la familia de Sara un hombre tan acaudalado y, en cualquier caso, a un abuelo no se le saluda jamás como lo había hecho Sara.

—No quiero distraeros —dijo Rubén a la vez que sus ojos se fruncían en una sonrisa divertida—. Sigue disfrutando con esta amiga tuya tan guapa. Ya hablaremos luego.

—Adiós, Rubén —musitó Sara mientras lanzaba al hombre una mirada picarona y movía las yemas de los dedos en un gesto de despedida cariñosa.

Gomer esperó a que el recién llegado desapareciera de la vista y se inclinó hacia Sara.

—Es tu marido, ¿verdad? —le dijo en un susurro.

Sara lanzó una carcajada al escuchar las palabras de su amiga e inmediatamente se tapó la boca como si temiera que se le saliera la risa a borbotones.

—No veo qué resulta tan gracioso... —comentó un tanto molesta Gomer.

—Ay, Gomer, Gomer... —dijo Sara conteniendo a duras penas una explosión de risa—, pero... pero ¿es que no te das cuenta?

Gomer sintió que se sonrojaba, pero no porque comprendiera lo que sucedía, sino porque era incapaz de dar con la clave de lo acontecido y esa circunstancia la hacía sentirse como una tonta.

—No...

—Gomer —comenzó a explicarle Sara a la vez que se enjugaba las lágrimas de diversión que habían empezado a descenderle por las mejillas—, Rubén no es mi esposo. Rubén es mi amante.

GOMER

as horas que pasó Gomer con su amiga Sara aquel día tuvieron una influencia decisiva en su joven existencia. Como si se tratara de un ángel capaz de comunicar noticias procedentes de otro mundo situado por encima del que habitan los simples mortales, Sara le explicó que un buen día se había cansado de padecer escasez —o, al menos, lo que ella pensaba que era escasez— y había decidido cambiar de vida. Rubén venía rondándola desde hacía tiempo y echando mano de recursos tan variados como las lisonjas, los regalos y las intermediarias. Por eso, cuando le dijo que aceptaba su propuesta de convertirse en su amante no cupo en sí de alegría.

Por supuesto, era consciente de que muchas criticaban que estuviera con un hombre tan mayor, pero la verdad era que se trataba de una enorme suerte vivir con alguien así. Precisamente porque le llevaba tantos años no la molestaba mucho y además, quizá porque temía que lo dejara para irse con alguien más joven, siempre estaba intentando complacerla. La casa estaba repleta de sirvientes que dedicaban mil y un cuidados a satisfacer sus deseos. Pero, por añadidura, con Rubén, había conocido lo que era comer de todo y a todas horas, vestir como se le antojaba y descansar y dormir a cualquier hora del día según fuera su capricho. Todo eso, por supuesto, sin hacer referencia a los obsequios. Y al llegar a ese punto, Sara se había levantado para salir de la estancia, no sin antes decir a Gomer que no tardaría en volver. Regresó efectivamente al cabo de unos instantes con un cofrecillo de marfil hermosamente labrado.

—Mira, Gomer —dijo a la vez que accionaba un resorte y la cajita se abría con un chasquido seco.

Poca ocasión había tenido Gomer de contemplar joyas en su vida y lo que ahora se desplegó ante sus ojos la deslumbró. Los aretes finamente trabajados, las ajorcas rutilantes, las pulseras de distintos grosores, los anillos empedrados, los collares de doble y triple vuelta... pero ¿cómo era posible que tanta belleza, tanta maestría, tanta riqueza pudiera concentrarse en un recipiente y que además su poseedora no fuera una reina o la hija de un monarca, sino una muchacha del pueblo como ella?

—Es una colección muy modesta —observó Sara con un tono de voz que sonó sincero—, pero Rubén me ha dicho que la irá aumentando con el paso del tiempo. Es que tampoco llevamos tantos años juntos...

¡Tantos años juntos! Con seguridad, eran muchos menos que los que había estado casada con Oseas y no tenía la menor posibilidad de juntar ni la décima parte de lo que tenía ante sí. A decir verdad, recordaba ahora la granadita de marfil que le había regalado el día de su boda y sentía una incómoda mezcla de vergüenza y dolor.

—Pero —dijo al fin Gomer en un intento por librarse de sus pensamientos— ¿por qué no se casa contigo?

—¡Vamos Gomer, no seas antigua! —protestó sonriendo Sara—. ¿Para qué quiero casarme con Rubén?

—Pues… pues, ¿para qué va a ser? Para ser su mujer ante la ley, ante tu familia, ante los demás… No estoy segura de que esto esté bien…

—Mira, Gomer —respondió sonriendo Sara—, eso es una tontería. ¿Quién decide lo que está bien y lo que está mal? Pues cada uno de nosotros, por supuesto. Yo ya soy mayorcita y puedo decidir lo que es correcto y lo que no lo es. Además, bueno, verás, Rubén ya tiene una esposa. Sí, se trata de una vieja gorda y pesada que además se ha quedado medio sorda. Podría divorciarse de ella, pero ¿para qué crear problemas a la familia e incomodarse con sus hijos? Sí, ya sé que podría tomarme como segunda esposa, pero no resultaría práctico. La vaca esa no se lo tomaría a bien e imagínate los hijos… que si despreciamos a su madre, que si esto, que si lo otro…

—Pero… pero ¿y tu futuro?

—Mi futuro está asegurado —respondió Sara al tiempo que se calaba en la mano izquierda uno de los anillos de la arqueta—. Si a Rubén le pasa algo, esta casa, los criados y las joyas son míos. Mientras que si fuera la esposa tendría que pelear con sus hijos por la herencia.

—Bien. Está bien —dijo Gomer—, pero imagínate que te quedas encinta…

—No voy a tener hijos —cortó con resolución Sara.

—Pues ya me dirás, porque si te acuestas con Rubén… el día menos pensado…

—Si me quedara embarazada, sé cómo solucionar el problema, pero no hablemos de cosas tristes, te lo ruego.

Gomer calló, consciente de que aquella conversación podía agriar lo que era, se mirara como se mirase, una comida muy agradable. Durante las horas siguientes, continuaron hablando de ellas, recordando, risueñas, los tiempos de la infancia y de la adolescencia, bromeando.

La invitada rió como hacía años que no lo había hecho. Entre aquellas cuatro paredes, no tenía que enfrentarse a los ensordecedores llantos de los niños, a las tareas rutinarias de la casa, a la escasez agobiante de dinero, a la modestia insoportable de la ropa y de los muebles. Por el contrario, se sentía transportada a un mundo hermoso, rezumante de color y de alegría. De hecho, toda aquella diversión sólo se vio afectada cuando, de repente, se percató de que el sol había comenzado su descenso.

—Se me ha hecho tarde... —dijo Gomer súbitamente alarmada—. Tengo que volver a casa.

Sara miró hacia las ventanas y, al comprobar cómo las sombras se habían alargado, corroboró el juicio de su amiga.

—Sí, parece que es hora de que regreses —reconoció pesarosa—, pero tenemos que vernos más veces.

—Ya me gustaría —reconoció la invitada—, y más ahora que has vuelto al pueblo, pero es que...

—No. No me pongas excusas —cortó Sara mientras la ayudaba a incorporarse y la acompañaba al corredor.

Cruzaron enlazadas por el talle el pasillo y el patio de la fuentecilla y llegaron hasta la puerta de la calle. Sólo entonces la soltó Sara para, inmediatamente, tomarle las manos.

—Prométeme que volverás antes de que acabe la semana —le dijo con tono suplicante a Gomer.

—Bueno, antes de que acabe la semana... —dudó la mujer—. Es que no sé...

—La semana que viene, el cuarto día, voy a dar una fiesta y tienes que venir —insistió Sara.

—Pues la verdad...

—Tienes que venir. Insisto en ello porque vas a ser la invitada principal.

—Bueno... no puedo asegurarte que...

—Gomer —dijo Sara acercando sus labios al oído de su amiga—, tú también puedes tener todo esto.

* * * * *

Gomer regresó a su casa envuelta en una nube de extraños sentimientos. Todavía durante unos instantes, mientras se iba disipando el dulce aroma de los naranjos y de sus manos se desprendía el olor poderoso de las esencias, tuvo la sensación de andar envuelta en una grata nube de irrealidad. Luego, cuando perdió de vista la casa y se fue acercando al pueblo, experimentó una impresión creciente de agobio. Se trató de un torbellino creciente del que no pudo escapar y que estaba formado por el olor al estiércol de los animales y al humo de comida que salía de las casas, por los gritos procedentes de las viviendas mezclados con los llantos de los niños o los ruidos más disonantes y por el color mate y mísero del camino irregular y polvoriento que la llevaba de regreso.

Al cruzar el umbral de su casa, Gomer tuvo la sensación de que acababan de arrojarla a una mazmorra estrecha, oscura y hedionda de la que no podría escapar, porque los barrotes de aquella invisible prisión eran los brazos de sus hijos y de su esposo. Pensó entonces en atravesar la entrada con rapidez y dirigirse al dormitorio para allí romper a llorar, pero una voz procedente del humilde lugar donde trabajaba Oseas se lo impidió:

—¿Dónde has estado, Gomer? —preguntó con inquietud su marido—. Estaba preocupado.

—Pues no hay ningún motivo —respondió intentando que no se le quebrara la voz—. Me encontré con una amiga de la infancia y se empeñó en que charláramos un rato.

—Menos mal… No sé… temí que te hubiera sucedido algo…

—Me encuentro perfectamente. ¿Los niños se han portado bien?

—Sí, sí… por supuesto. Hace rato que les di de cenar.

—Bueno, pues me lavo las manos y me pongo a preparar algo para nosotros.

Necesitó realizar un esfuerzo enorme para no romper a llorar mientras cortaba las hortalizas. Sin que lo deseara lo más mínimo, pero también sin poderlo evitar, su alma se veía desgarrada entre dos sentimientos tan poderosos como destructivos. Por un lado, tenía que reconocerlo, sentía una profunda envidia de Sara. No es que le deseara mal, no, pero la encorajinaba su dicha. A fin de cuentas, Sara siempre había sido más fea que ella. Los muchachos ni siquiera reparaban en su presencia si iban las dos juntas y ahora… pero ¿cómo había logrado esa posición mientras ella se veía obligada a pelar verduras de mala calidad para dar de comer a un marido que se pasaba la vida cortando cañas para escribir y a unos niños que no paraban de llorar? Y, precisamente al llegar a ese punto de sus amargas reflexiones, Gomer se dejó arrastrar por el tirón del resentimiento. Nada, se dijo, absolutamente nada de lo que le sucedía, hubiera tenido lugar de no haberse casado con Oseas. Pero ¿por qué había accedido a contraer ese matrimonio? ¿Por qué Oseas se había manifestado tierno? ¿Porque su comportamiento era dulce? ¿Porque era trabajador? Sí, seguramente tenía todas esas cualidades y hasta más, pero ¿de qué le servía todo eso si vivían como vivían?

No despegó los labios durante toda la cena. A decir verdad, tuvo que realizar profundos esfuerzos para no gritar a su marido o lanzarle las escudillas de barro en la que estaba servida la modesta pitanza. Recogió todo en silencio y luego, ya en el lecho, le dio la espalda y esperó hasta que se quedó dormido, para dejar que las lágrimas le desbordaran los párpados y se deslizaran, cálidas y amargas, por sus mejillas. Era tanto el pesar que embargaba su corazón que sólo el cansancio que proporciona el llanto le permitió conciliar el sueño.

Se levantó embargada por el malestar y, durante los días siguientes, vivió como si su existencia dependiera de que Sara volviera a ponerse en contacto con ella. Cada jornada, cada hora, cada instante se vieron impregnados por el anhelo angustioso de que su amiga la visitara, la llamara o simplemente la recordara. Lo ansiaba con todas sus fuerzas y, al fin y a la postre, lo que deseaba llegó.

Sucedió una mañana fresca, pero luminosa, en que regresaba del arroyo. Llevaba en un humilde cesto la ropa todavía más humilde de la familia y nunca antes se había sentido tan cargada por aquella tarea. La ira que la invadía era tan grande, la desilusión por su vida era tan asfixiante, el rencor que experimentaba hacia su marido y sus hijos resultaba tan poderoso que en más de una ocasión se sintió tentada de arrojar aquellas prendas contra el suelo y pisotearlas. Jadeaba subiendo la cuesta de regreso al pueblo cuando, inesperadamente, contempló en la cima una figura familiar. Estaba mirando, desde luego, a ver si encontraba algo, pero cuando sus ojos chocaron con Gomer, dejó que sus labios se descorrieran en una amplia sonrisa y alzó la mano derecha en un gesto de saludo.

—Ya me imaginaba yo que te iba a encontrar aquí… —oyó gritar Gomer a su amiga Sara, que no otra era la persona que esperaba al final de la empinada cuesta.

No respondió Gomer fundamentalmente porque deseaba administrar el resuello, pero lo cierto es que, al contemplar a su amiga, sintió, junto con un pujo de envidia, cómo su corazón se aceleraba por la emoción. Ahí estaba. Por fin. Pero ¿por qué había tardado tanto? Y apenas se había formulado la pregunta, cuando se respondió que quizá no había podido encontrarla antes simplemente porque no le había dado su dirección. Bueno, bien mirado, mejor que así hubiera sido, porque se habría muerto de vergüenza si hubiera acudido a visitarla al chamizo miserable en el que vivía con Oseas y las tres criaturas.

—Mi muy querida amiga, parece que te va a dar un ataque… —dijo con aprensión Sara—. Si vas cargada como una acémila… Pobre mía…

Gomer no despegó los labios entre otras cosas porque le faltaba la respiración y, de hablar, hubiera acentuado la impresión de cansancio que producía a su amiga.

—Me imaginé que a lo mejor te encontraba si me acercaba por aquí —continuó Sara—. Oye, deja que mi criada te lleve la ropa…

Gomer hubiera deseado tener el valor suficiente para negarse a aceptar el ofrecimiento de su amiga, pero, al fin y a la postre, no interpuso la menor resistencia cuando una criada se acercó a quitarle de encima la carga de ropa. Sí, debía de ser maravilloso no tener que llevar sobre una ni la ropa ni el agua ni la comida… ni a los niños.

—Bueno, como te iba diciendo —prosiguió Sara—, la cuestión es que voy a celebrar una fiesta el cuarto día y me gustaría que pudieras venir. Será algo tranquilo, con pocos invitados, pero, eso sí, muy bien seleccionados. Lo mejor de lo mejor. Amigos de Rubén, no necesito decirte más.

Gomer estaba a punto de formular alguna pregunta relacionada con la invitación, pero, de repente, se percató de que si la criada seguía cargando con el cesto de la ropa acabaría por llegar hasta su casa. No. Bajo ningún concepto. Eso no podía suceder. ¿Cómo iba a ver Sara dónde vivía? Antes prefería caerse muerta allí mismo. Pero ¿por qué tenía que sufrir aquella mala suerte? Oh, ¿por qué? Había comenzado a angustiarse pensando en todo aquello cuando, inesperadamente, vislumbró la figura de Oseas. Se detuvo e inhaló una bocanada de aire con la misma fuerza que si hubiera sentido que se quedaba sin respiración. Eso era precisamente lo que le faltaba. Que apareciera su marido. Para colmo, iba vestido con la ropa de casa, con aquella vestimenta remendada una y mil veces, con aquel delantal lleno de manchas de tinta… Oh, no, no, noooo… Sara no debía verlo.

Intentó Gomer desviarse del camino que llevaban por un callejón adyacente, pero su maniobra resultó inútil. Su marido ya la había visto y emprendió una carrerita hacia ella al tiempo que gritaba su nombre.

—Me parece que te llaman… —dijo Sara y Gomer no pudo evitar experimentar la punzante y dolorosa sensación de que el comentario estaba envuelto en un tonillo de burla.

Oseas llegó hasta el lugar donde se encontraba Gomer y se detuvo. Tenía la frente perlada de sudor y el pelo revuelto, pero sobre sus labios reposaba una sonrisa amable.

—Me acordé —dijo— de que hoy tenías mucha ropa que lavar y he venido a ayudarte a llevarla a casa, pero…

Calló al percatarse de que Gomer llevaba los brazos libres y de que era otra mujer la que soportaba la carga. Había pronunciado las primeras palabras con un tono alegre, convencido de que estaba dando una buena noticia a su esposa, pero ahora su gesto risueño había quedado opacado por el desconcierto.

—Ya veo que no te hace falta… —acertó a musitar.

—Ha sido una pura casualidad… —logró balbucir Gomer—. Mira, es Sara, una amiga de hace muchos años. Nos hemos encontrado y su sirvienta…

—¿Eres Oseas? —preguntó Sara y esta vez a Gomer le pareció que su amiga imprimía un soniquete irónico a la voz tan disonante como un trompetazo.

—Sí —respondió el hombre con una sonrisa tan amable como inocente.

—¿Ves? —dijo Sara volviéndose a Gomer—. Lo ideal es compartir la vida con hombres ya maduros… como tú, Oseas.

Gomer sintió que un calor doloroso le subía desde el vientre hasta las mejillas abrasándolas. Sí, Oseas no era un hombre joven. Sin embargo, Sara, precisamente Sara, no tenía derecho a señalar que era una desgracia que viviera con un viejo, cuando compartía su vida con un varón que podía ser su abuelo.

—Bueno, Sara —cortó Gomer mientras se acercaba a la sierva y le arrebataba su ropa de un tirón—. Ya nos veremos.

—Sí. No olvides que me lo has prometido —dijo la amiga sin que la mueca irónica se borrara de su rostro—. *Shalom*.

—*Shalom* —musitó Gomer mientras emprendía el camino de regreso a casa.

—¿Quién era? —le preguntó Oseas a la vez que le quitaba la carga de ropa y se la colocaba sobre el hombro.

—Ya te lo he dicho. Una amiga de la infancia.

GOMER

La experiencia inesperada de que Oseas hiciera acto de presencia cuando se encontraba con Sara provocó en Gomer un remolino de sensaciones contradictorias. Por un lado, se alegraba ciertamente de que la llegada de su esposo hubiera evitado que su amiga conociera el lugar donde vivía, pero, por otro, no podía evitar experimentar vergüenza cada vez que recordaba el aspecto de Oseas cuando se había encontrado con ellas. No es que fuera sucio. Eso no. No olía mal, ni llevaba la barba desarreglada. Sin embargo, tenía aquel aspecto desaliñado que tanto le molestaba en él y que era una muestra más de la escasísima importancia que concedía al atuendo y a las apariencias. Pero ¿cómo se le había ocurrido salir de casa con la ropa de faena? No es que fuera de esperar que llevara las vestimentas de las celebraciones, pero esas manchas de tinta, ese atavío con remiendos, ese delantal usado… Lo recordaba y tenía ganas de abofetearse por estúpida. Porque casi siempre llegaba a la misma conclusión. A fin de cuentas, la culpa era suya por casarse con un hombre como aquel. Sí. Es verdad que su padre no le había dejado otra salida, pero, aun así, tenía que haberse mantenido firme. Con certeza, con absoluta certeza, su madre la habría respaldado si se hubiera negado a aquel enlace y así se habría librado de tener por marido a Oseas y de andar por la vida cargando ya con tres hijos.

Llegada a ese punto de sus amargadas reflexiones, Gomer pasaba a preguntarse si debía aprovechar la invitación insistente de Sara o si, por el contrario, lo más sensato sería olvidarse de ella por completo. Por un lado, la atraía poderosamente el salir de casa y disfrutar de un festejo en el que, estaba segura, no faltaría de nada. Sin embargo, la simple perspectiva de que, en un momento dado, su amiga hiciera referencia a Oseas le causaba hasta escalofríos. Por supuesto, ignoraba cómo serían los amigos de Rubén, pero se imaginaba que andarían mucho más cerca de la fortuna y la prestancia de aquel viejo que mantenía a Sara que de la modestia rebosante de carencias de su esposo.

Hasta el sábado, Gomer se sintió desgarrada entre dos deseos que tenían un poder y una fuerza casi insoportables, el de acudir a la fiesta y el de librarse de los riesgos que ésta pudiera entrañar. Pero ese día, que Oseas guardaba escrupulosamente de acuerdo a lo establecido en la Torah de Moisés, se produjo un hecho que inclinó la balanza.

—Siento lo que voy a decirte —le comentó Oseas a la vez que la enlazaba de la cintura—, pero la semana que viene tendré que marcharme fuera unos días.

El corazón de Gomer experimentó un vuelco al escuchar las palabras de su marido, pero intentó reprimir cualquier seña que exteriorizara la agitación que había comenzado a invadirla.

—¿Me… me vas a dejar sola? —indagó.

—Sí —respondió Oseas con gesto de pesar—. No creas que me gusta, pero he de bajar a Jerusalén…

Gomer se desasió de su marido y le dio la espalda. Se hubiera dicho que la noticia le había causado irritación, pero, en realidad, sólo estaba intentando ocultar la sonrisa que le había aflorado espontánea e incontenible a los labios.

—Jerusalén, Jerusalén… —fingió protestar—. ¿Qué se te ha perdido en Jerusalén? Lo único que quieres es librarte de mí y de los niños por unos días…

—No tengo más remedio que ir —dijo el marido apenado—. Me hubiera gustado llevarte, pero los niños… es que son muy pequeños para viajar.

—Desde luego, Oseas, a veces creo que sólo piensas en ti… —le reprochó aún de espaldas Gomer.

Aquella noche, recordando todo, cuando su marido y sus hijos ya estaban dormidos, tuvo que esforzarse mucho para no romper a reír a carcajadas.

* * * * *

Le costó enormemente encontrar algún atavío con el que sentirse a gusto. Cada vez que se acercaba al punto en que se podía sentir satisfecha, recordaba las dos veces que se había encontrado con Sara y se encontraba insoportablemente fea y pobre. A punto estuvo una, dos, tres veces de desistir, pero, al final, se dijo que no podía perder aquella oportunidad de divertirse después de tanto tiempo aislada del mundo. Dejó a los niños a cuidado de una vecina y se entregó durante toda la mañana a la tarea prolija aunque grata de aderezarse. Se bañó cuidadosamente, sustituyó el ungüento que no tenía por el zumo de un limón con el que se frotó el cuello, las orejas y el pecho, se recogió el pelo de tal manera que no le tapara el rostro y aprovechó un poco de hollín macerado para resaltar el contorno de los ojos. Le hubiera gustado, por supuesto, tener a mano los cosméticos adecuados para trabajarse la boca y las mejillas, pero, con gesto de fastidio, tuvo que reconocer que no sólo carecía de ellos, sino que, sobre todo, no contaba con el presupuesto suficiente como para permitirse su compra. No cabía duda, se dijo exhalando un suspiro, de que tendría que fiar todo a la suerte.

Las sombras habían comenzado a alargarse cuando Gomer abandonó su humilde vivienda para encaminarse a la mansión de Sara. Se alegró de que la noche anduviera cerca porque, en primer lugar, le facilitaría pasar desapercibida y, en segundo, ocultaría lo gastado de sus sandalias y del resto de su atavío. Bajó los ojos movida por el deseo de que su mirada no se cruzara con la de ninguna persona conocida y apretó el paso aunque cuidando de que la prisa que estaba imprimiendo a los pies no la hiciera sudar. El aroma del jugo de limón restregado contra su piel era grato, pero también efímero y, ciertamente, no deseaba que se disipara.

Escuchó música y risas cuando llegó al pie de la empinada cuesta que desembocaba en la casa de Sara. Por un instante, sintió miedo, casi vértigo, como si, repentinamente, la idea de entrar a un mundo que no era el suyo le provocara una inesperada inquietud. Se detuvo un instante, respiró hondo y emprendió la subida decidida a divertirse por unas horas.

No puso ningún reparo el siervo que guardaba la puerta a que cruzara el umbral. Sin embargo, a Gomer le pareció que le lanzaba una mirada de desaprobación, como si la encontrara demasiado pobre como para acudir a aquel festejo. Rechazó la idea con un movimiento de cabeza, igual que si se tratara de un impertinente insecto, y se dirigió hacia el pasillo que había atravesado en su primera visita. Cuando salió al patio de la fuentecilla musical captó una figura vaporosa que corría riendo a carcajadas y que era perseguida por un hombre que se tambaleaba, posiblemente a causa de los efectos del alcohol.

Se refugió un instante en las espesas tinieblas con la curiosidad de ver en qué terminaba aquel episodio peculiar. Sin embargo, las opacas sombras se tragaron a la mujer y al que iba en pos de ella y Gomer optó por salir de su improvisado escondrijo y alcanzar la sala.

Por un instante, al llegar, la deslumbró la extraordinaria profusión de luces de todos los tamaños que se hallaban dispuestas por toda la estancia. De manera estratégica, en las apartadas esquinas, en las insondables alturas y en los espaciosos muros había distribuida una infinidad de luminarias que arrojaban sus multiformes rayos sobre el lugar. Instintivamente, Gomer echó mano del velo que tapaba su cabello para taparse el rostro, pero no llegó a dar conclusión al movimiento.

—¡Gomer! ¡Gomer! ¡Bienvenida!

Se giró en la dirección de la que procedía la voz y descubrió que era Sara la que la saludaba a gritos a la vez que, de un salto, se levantaba de un sillón y corría hacia ella con los brazos abiertos.

—Ya estaba temiendo que no vinieras —dijo a la vez que arrancaba el velo de la cabeza de su amiga y la besaba sonoramente en ambas mejillas.

—No sabía… —comenzó a decir Gomer.

—Bueno, el caso es que estás ya aquí y eso es lo que importa. Ven. Te voy a presentar a alguien —dijo Sara a la vez que tiraba de la diestra de su amiga.

Esquivaron a una pareja que se besaba arrellanada sobre unos cojines, redondos e inmensos, al parecer sin dar ninguna importancia a la presencia de otras personas, y llegaron hasta un hombre que estaba en una esquina de la habitación sujetando una copa dorada y ancha con ambas manos.

—Yohanan —dijo Sara cuando se encontraron a la altura del personaje—. Ésta es mi amiga Gomer. Te he hablado mucho de ella…

Los labios de Yohanan se descorrieron en una sonrisa extraordinariamente cortés. Cortés, pero no empalagosa. Su barba canosa, pero extraordinariamente bien recortada, el tejido de su atuendo y el aroma que desprendía suave y, a la vez, varonil denotaban que se trataba de persona de posición. Sin apenas moverse extendió serenamente las manos y atrapó una de las de Gomer. Luego la miró a los ojos.

—Tengo que reprenderte, Sara —dijo sin dejar de sonreír—. Tu amiga es mucho más hermosa de lo que me habías dicho.

Sara dejó escapar una risita de satisfacción, pero, a esas alturas de la conversación apenas iniciada, Gomer había dejado de preocuparse por su amiga. Notaba sobre su mano el tacto de Yohanan y estaba sorprendida. No tenía callos, ni durezas, ni sudor. Eran unas manos suaves y, a la vez, extraordinariamente varoniles. Como… como debería tenerlas un rey.

—No te había visto antes por una fiesta de las que organiza Rubén en su casa —comentó el hombre sin soltarla.

Gomer tragó saliva y dijo:

—Es la primera vez que vengo… yo… en realidad…

—¿La primera vez? —exclamó Yohanan a la vez que enarcaba las cejas con gesto de sorpresa.

Gomer asintió con la cabeza.

—¡Oh! Debes disculpar mi descortesía —dijo el hombre desplegando una sonrisa amable—. ¿Qué deseas para beber?

Gomer hubiera deseado saber responder a la pregunta, pero tenía que reconocer ante sí misma que carecía de conocimiento en esa materia.

—En lo que te decides —dijo Yohanan que había captado su azoramiento—, deberías probar unos pastelillos.

Pronunció las últimas palabras mientras realizaba un gesto que fue captado y obedecido de manera inmediata por uno de los siervos. Se acercó éste con una bandeja y la colocó ante Gomer y Yohanan.

—Éstos son de miel —comenzó a explicar Yohanan—. Esos otros están rellenos de carne. Hay señoras que no los prueban porque dicen que engordan mucho, pero tú no tienes ese problema. Tu cuerpo es sinceramente perfecto. Estos otros son de canela y estos...

Gomer echó mano del primero que encontró su mano extendida. El cumplido de Yohanan le había llegado a lo más profundo del corazón. Desde el nacimiento de su tercer hijo, no había podido superar una sensación casi continua de aversión y rechazo hacia su cuerpo. Y sí, justo era reconocerlo, se encontraba terrible, espantosa, monstruosamente gorda. Y ahora aquel hombre, que parecía un ejemplo de la cortesía más delicada, le aclaraba que no, que era todo lo contrario, que, en realidad, ella no tenía ese problema. Bueno, quizá le estaba mintiendo, pero se trataba de uno de esos embustes que se agradecen siquiera de vez en cuando.

—Así que eres amiga de Sara...

—Sí, desde niña —respondió Gomer.

—¿Y ya entonces era así de traviesa? —preguntó Yohanan mientras le guiñaba burlonamente un ojo.

Gomer respondió encogiéndose de hombros.

Yohanan dejó escapar una carcajada suave.

—Creo que lo mejor será que nos sentemos un poco. ¿No te parece?

Gomer aceptó la invitación y se acomodó en los mullidos cojines dispuestos por el suelo.

Durante las horas siguientes, Gomer y Yohanan no dejaron de charlar y de beber una copa tras otra de aquel vino afrutado y fresco que parecía no acabarse en los jarros metálicos dispuestos por toda la estancia.

No podía decirse que fuera un hombre guapo ni tampoco resultaba especialmente alto o fuerte, pero Gomer fue quedando atrapada, poco a poco, por sus palabras. Al parecer, había viajado mucho y se puso a contarle historias de Mitsraym y de Asiria. Le refirió cómo en Mitsraym, los sacerdotes llevaban la cabeza rasurada igual que el resto del cuerpo y se vestían de lino fino y embalsamaban los cuerpos de gatos y de bueyes para rendirle culto y cómo la nación vivía totalmente de un río inmenso y profundo que atravesaba toda su tierra que era desierto y cómo sus reyes —que se llamaban faraones— en el pasado habían levantado enormes edificios de piedra que terminaban en una punta dorada a la que el sol arrancaba unos destellos cegadores.

También le explicó como los habitantes de Asiria tenían una habilidad especial para labrar figuras de piedra en los muros de sus palacios y cómo adornaban sus templos con toros con cabeza de hombre y grandes alas y cómo eran apasionados de la caza y cómo contaban con unos ejércitos extraordinarios que cuando desfilaban parecían no tener fin.

Todos aquellos relatos eran sugestivos, pero lo que, sobre todo, cautivó a Gomer fue la manera amena en que los desgranaba. Era como si tuviera el poder mágico de arrancarla de aquella vida monótona y aburrida que soportaba al lado de Oseas y de los niños y transportarla a un mundo diferente mucho más luminoso y atractivo.

Se sentía tan a gusto, tan cómoda, tan feliz que cuando Yohanan le tomó una mano y se la sujetó con un gesto afectuoso no le dio ninguna importancia. Tampoco reaccionó cuando, tras soltársela, volvía a tomarla con el pretexto de decirle cómo debería aplicarse un ungüento para cuidarse las manos y ya la retuvo. Aquel tacto suave, pero varonil, provocó una excitación sumamente grata en Gomer. Era como si le asegurara que, en contra de lo que ella llevaba pensando ya tiempo, seguía siendo hermosa, que todavía podía atraer a los hombres, que continuaba formando parte del grupo reducido de las mujeres hermosas. Le agradaba y por nada del mundo hubiera renunciado a un placer que se empeñaba en considerar inocente.

La mezcla de voluptuosidad y vino impidió también que Gomer reaccionara cuando la mano de Yohanan se posó sobre su mejilla con el pretexto de retirarle el cabello para, a continuación, deslizarse hasta el lóbulo de su oreja y acariciarlo.

—Tienes una piel deliciosamente suave —dijo Yohanan mientras bajaba ahora la mano hasta el cuello de Gomer.

La mujer sintió un escalofrío y, por primera vez, desde que había tomado asiento, experimentó una sensación de peligro. Sólo duró unos segundos. Yohanan captó la reacción de Gomer y retiró la mano, pero lo hizo con total naturalidad, como si nada en su comportamiento anterior resultara digno de objeción. Luego se inclinó para echar mano de la jarra de metal y volvió a llenar la copa de Gomer.

Siguieron departiendo durante un buen rato hasta que, sin pensarlo, Gomer apartó la mirada de Yohanan y la deslizó por el resto de la habitación. Se sorprendió al ver que estaban solos. Bueno, en realidad, en un rincón algunos músicos seguían tocando sus instrumentos de manera cansina, sabedores de que debían seguir en su puesto mientras hubiera comensales. Fue el descubrimiento de que no quedaban invitados en la espaciosa estancia lo que encendió en el interior de Gomer una nueva luz de alarma. Ella era… sí, era una mujer casada y no… no, definitivamente no era correcto que permaneciera en aquella casa ni un instante más. Respiró hondo, se dijo que aquel simple acto le había proporcionado fuerzas renovadas y, de un impulso, intentó ponerse en pie.

Percibió entonces que su cuerpo se había convertido en algo pesado. Pero no se trataba de una pesadez desagradable, sino de una sensación grata semejante a la que se experimenta un instante antes de dormirse tras un día de agobiante trabajo. Sintió el deseo de dejarse vencer, pero algo en su interior le advirtió que lo más prudente, lo más sensato, lo más correcto sería ponerse en pie y abandonar aquel lugar cuanto antes.

—Es ya muy tarde… —balbuceó.

Yohanan no pronunció palabra, pero se puso en pie con una notable agilidad y tendió la mano a Gomer para ayudarla a hacer lo mismo. Mientras se erguía sobre sus pies, la mujer se dijo que parecía como si el alcohol no tuviera el menor poder sobre él.

Caminaron juntos sin despegar los labios hasta la entrada de la estancia. Entonces Gomer se volvió y le dijo:

—Te agradezco mucho todo, Yohanan. La velada ha sido muy agradable.

Había en sus palabras una clara determinación de separarse del hombre, pero éste no pudo o no quiso entenderlo.

—Te acompaño. —dijo de manera suave, pero, a la vez, determinada.

—No… no es necesario… —respondió con voz temblorosa Gomer.

—Sólo hasta la salida —dijo Yohanan con una sonrisa tranquilizadora.

La mujer asintió en silencio y los dos se adentraron por el corredor, que se encontraba totalmente sumida en las tinieblas. Habían caminado media docena de pasos cuando Yohanan se le adelantó, la sujetó por los brazos y la situó de espaldas a la pared. Luego se inclinó sobre ella y le besó suavemente en los labios.

—No… no… —musitó Gomer.

—Vamos —dijo risueño Yohanan—. Ya sabes a lo que se viene a estas fiestas…

—Yo… yo no… yo… yo soy una mujer casada…

—Gomer —respondió Yohanan conteniendo la risa—, eso carece de importancia. No soy un hombre celoso.

* * * * *

Parpadeó incómoda y sintió un dolor repentino y agudo sobre las cejas. Entreabrió los ojos y notó cómo los rayos del sol se estrellaban contra su rostro.

¡Dios santo! Ya era de día. ¡Ya era de día! Y ¿dónde… dónde…? ¡Oh, no! ¡Oh, sí! ¡Había pasado toda la noche en casa de Sara! Se incorporó y sintió como una tenaza de metal que le apretaba despiadadamente las sienes. Cerró los ojos, se llevó las manos a ambos lados de la cabeza, pero sólo percibió que el dolor resultaba más insoportable. Volvió a abrir los párpados y… no, no… Ante su mirada aparecieron blancos y expuestos, sus pechos. Una sábana arrugada le cubría los muslos. No… no podía ser… Levantó un extremo de la tela y echó un vistazo. Dejó caer el lienzo aterrada. Estaba totalmente desnuda. Completamente. Como su madre la había traído al mundo. Rápidamente, arrojó la mirada sobre el lecho. Estaba sola. Sí, sola. Quizá… volvió a levantar la sábana y olió. Cerró los ojos y dejó escapar un resoplido de desaliento. No cabía la menor duda. Se pasó la mano por el interior de los muslos y cerró los ojos envuelta en una sensación, mezcla de vergüenza y de estupor.

Por un instante, permaneció sentada y sin atreverse a abrir los párpados. Era obvio lo que había sucedido aquella noche. Yohanan debía de haberla arrastrado hasta aquella habitación y… bueno, arrastrado… No tenía el menor recuerdo de haber ofrecido resistencia. Aunque también era verdad que no lograba acordarse de nada.

Respiró hondo, volvió a abrir los ojos y se incorporó. Tenía que salir de allí cuanto antes. Fue precisamente al retirar la sábana cuando cayó al suelo un saquete que se abrió desparramando su contenido. Eran unas monedas doradas, relucientes, que, en parte, rodaron hasta detenerse tintineando sobre el reluciente pavimento. Pero… pero ¿qué era aquello?

Apenas se había formulado la pregunta cuando escuchó una voz familiar:

—Vaya, vaya, Gomer, debiste de gustarle mucho a Yohanan, porque no suele ser tan generoso…

Levantó la mirada y contempló a su amiga Sara que, sonriendo burlonamente, la observaba apoyada en una jamba de la puerta. Instintivamente, Gomer se llevó una mano al pecho y otro al pubis en un vano intento por cubrir su desnudez.

—Te voy a ser sincera —continuó Sara mientras daba unos pasos hacia ella—. Nunca pensé que fueras a dar tanto de sí… Te ha dejado una verdadera fortuna.

—Yo… yo… —intentó defenderse Gomer mientras percibía cómo las palabras se negaban a salir de su boca.

—Tú has estado maravillosa —dijo Sara acercándose a su amiga y colocándole la mano sobre los labios—. No hay más que ver el resultado. Ay, Gomer. Cuánto tiempo has perdido durante estos años…

GOMER

Aquel día, Gomer se sintió sumergida en un torbellino de sensaciones. En algunos momentos, le parecía percibir la mano de Yohanan sobre el rostro y la voluptuosidad se apoderaba de ella hasta el punto de olvidarse de dónde se encontraba. En otros, se veía desnuda, despertada por los rayos del sol, observada por su amiga Sara o pagada por haber yacido con aquel hombre y no podía evitar que un calor insoportable le naciera en el pecho y le trepara por el cuello hasta incendiarle el rostro. En esos instantes, temía que la vergüenza o el sentimiento de culpa la abrasaran reduciéndola a cenizas en castigo por su pecado. Sin embargo, aquel malestar le duraba poco y, una vez más, la evocación del vino, de la música, de los cojines o del pasillo a oscuras le encendían la piel y el alma.

Duró aquel vaivén de sentimientos un par de días y comenzaron a apagarse apenas unas horas antes de que Oseas regresara de su viaje. Incluso sintió una punzada de culpa al verle entrar por la puerta de la casa, arrojar el equipaje al suelo y correr a abrazarla. ¡Pobre! ¡Si supiera con quién había dormido tan sólo unas noches atrás! ¡Si sospechara que se había entregado a otro hombre del que, a decir verdad, no sabía nada! ¡Si supiera que incluso había recibido un generoso pago por ello! Pero no, Oseas, el infeliz, no podía saber nada y, de hecho, se limitó a besarla y a preguntarle si había estado sola aquellos días y a interesarse por el estado en que se hallaban los niños.

Deseó Gomer que aquellas muestras de cariño de su marido borraran los recuerdos de la noche pasada en casa de Sara. Fue totalmente inútil. A decir verdad, cuando Oseas la acariciaba recordaba las manos de Yohanan; cuando la besaba, se veía sumida en la oscuridad del corredor, y cuando se dirigía a ella, sólo aparecía ante sus ojos la sonrisa cautivadora del extraño. Tan fuerte se le hizo la presencia de aquel hombre que incluso cuando, por la noche, sirvió la humilde cena a su recién regresado marido, en lugar del queso y las aceitunas, vieron sus ojos las abundantes monedas de oro que desbordaban el saquete de cuero para acabar rodando sobre el pulido pavimento.

A decir verdad, en su corazón se hacía el propósito, una y otra vez, de olvidar todo y de reanudar la existencia de los últimos años, pero le resultaba imposible. Había demasiado placer, demasiado gusto, demasiada querencia en aquellas horas vividas tan poco antes. Se percató de hasta qué punto su voluntad había quedado esclavizada cuando un par de días después se encontraba lavando en el arroyo.

—Te estás destrozando las manos... —escuchó que decían a sus espaldas y cuando se volvió, arrodillada como se encontraba, su mirada chocó con la sonrisa burlona de Sara.

—Es mi obligación —respondió volviéndose y restregando con todas sus fuerzas la ropa que sujetaba entre las manos.

—Es tu obligación porque tú quieres —señaló Sara y añadió—: Sólo porque tú quieres.

El primer impulso de Gomer fue el de no responder a su amiga, el de levantarse, el de echar a correr para poner tierra por medio entre el mundo que simbolizaba Sara y aquel en el que transcurría su vida. Pero apagó, sin demasiado esfuerzo, aquel sentimiento y entabló conversación sin dejar de lavar. Fue así como a través de sus oídos entró, dulce como miel que destilara del panal, la perspectiva de un futuro diferente al de estar encorvada lavando montañas de ropa ensuciada por excrementos y orines de niños. Cuando Gomer concluyó la colada, Sara la había convencido para asistir a la siguiente fiesta y además le había asegurado que no tendría que quedarse a dormir por la noche, de manera que su marido no abrigaría la menor sospecha ante su ausencia.

Fue así como lo que había comenzado de manera casi imperceptible se fue convirtiendo, poco a poco, en una forma de vida para Gomer. Sara conocía más que de sobra la delicada tarea de lanzar a las mujeres por la senda de la prostitución y sabía que, al final, todo se reducía a ir venciendo poco a poco la repugnancia que, de manera totalmente natural, pudieran sentir hacia los clientes y sus exigencias. Al principio, presentó a Gomer únicamente a hombres que, aunque mucho mayores que ella, no tenían nada desagradable en su aspecto exterior. Luego, paso a paso, como el maestro que adiestra a un discípulo, la fue entregando a los más viejos y viciosos, pero también más dispuestos a ser generosos con sus dádivas. Cuando Gomer quiso percatarse, se había adentrado de tal manera en aquella vida que no le quedaba rastro de pudor, de asco o de culpa. Del pudor, del asco o de la culpa que había padecido al principio con intensidad decreciente y que sólo podía curar el fruto material de su conducta.

Llegada a esa situación, Gomer comenzó a sentirse una mujer extraordinariamente afortunada. Su amiga Sara la había ido enseñando a maquillarse adecuadamente, a vestirse de la manera más eficaz para complacer a los hombres, a distinguir las joyas y las telas, a degustar los vinos como el más experto catador. Incluso, al cabo de pocos meses, le propuso dedicarse a aquella tarea de forma no esporádica, sino más continuada. Bastaría para ello con que pudiera poseer un negocio que la obligara a pasar varias horas fuera de casa y bajo cuya cobertura pudiera multiplicar sus lances.

Gomer acogió aquella propuesta con entusiasmo, aunque insistió en que su amiga comprendiera que, por desgracia, la decisión final no estaba en sus manos, sino en las de su esposo.

—Seguro que te bastas y sobras para que Oseas lo acepte…
—le dijo Sara con aquella sonrisa burlona que parecía balancearse
de manera continua en sus labios.

Justo es decir que no se equivocó. Oseas manifestó su inquietud por los niños, pero Gomer insistió en que los había destetado y que, además, con el dinero que obtuviera del comercio que
pensaba abrir con su amiga Sara podría pagar a una muchacha
para que los atendiera y no le estorbaran a él mientras realizaba
su trabajo.

—Además, te podré comprar unas sandalias nuevas, tontín
—le dijo mientras le acariciaba la barbilla.

Oseas aceptó. No lo hizo porque ansiara tener más ropa o más
calzado y mucho menos porque estuviera convencido de los argumentos de Gomer, sino porque hacía mucho tiempo que había
sorprendido la mirada de preocupación de su esposa y ahora veía
cómo esos mismos ojos rezumaban ilusión. Se dijo que quizá la
salida a la inquietud que había visto una y otra vez en su rostro
estuviera simplemente en que pudiera ver a más gente y charlar
con otras mujeres. Y así Gomer pudo abrir lo que, en realidad,
era un simple prostíbulo que funcionaba bajo la cobertura de un
comercio de perfumes.

Durante mucho tiempo, Gomer seguiría sintiéndose maravi-
llada por el ingenio desbordante de su amiga. Ciertamente, el
establecimiento vendía afeites y cosméticos, pomos de olor y tintes, pero, a la vez, ofrecía los servicios como prostitutas de Gomer
y de un par de mujeres más a las que Sara había seleccionado.

Bastaba sólo con que el cliente manifestara de manera discreta que estaba interesado en alguna de las mujeres para que le respondieran señalando el valor de alguno de los artículos que se despachaban en la tienda. Después de haber conseguido lo que ansiaba, el hombre se marchaba con un frasco de perfume o un tarro de color para los ojos aunque, eso sí, habiendo pagado con anterioridad los servicios de la prostituta. De aquella manera, las esposas del pueblo comenzaron a recibir regalos de sus solícitos maridos que, en realidad, sólo eran la tapadera de una suma de adulterios e incluso no pocas de ellas, en su ignorancia, llegaron a la conclusión de que había sido una suerte que Sara y Gomer hubieran decidido un día abrir aquel comercio. Nunca antes sus cónyuges les habían comprado tantas cosas ni se habían mostrado tan solícitos con ellas.

OSEAS

l punto más vulnerable de los secretos mejor guardados es que, por regla general, tarde o temprano, acaban siendo descubiertos. Es cierto que algunas personas adoptan todo tipo de precauciones para que nunca se conozca lo que han hecho en lo oculto, pero, de la manera más inesperada, lo que cuchicheó en la habitación más recóndita de su morada, alguien acaba gritándolo desde lo alto de una azotea. Gomer no fue una excepción a este principio general del que tantos ejemplos se han dado a lo largo de la Historia.

A decir verdad, tampoco resulta extraño que se confiara. La cobertura que había ideado Sara era perfecta, los clientes eran discretos porque, casados en su inmensa mayoría, no deseaban tener problemas con sus esposas y ella se preocupaba meticulosamente de mantener un horario que no levantara la menor sospecha. Era una de tantas esposas y madres que, además de atender a sus obligaciones en el hogar, tenía un trabajo para ayudar a soportar las cargas familiares. La única diferencia, al menos de cara al exterior, consistía en que mientras la mayoría tejía, cosía, lavaba o vendía una parte de lo producido por el pedazo de tierra que tenía, ella comerciaba con perfumes. Y sin embargo...

A Oseas la idea de que su mujer pudiera serle infiel no le asaltó nunca. Sí es cierto que en algún momento pensó que quizá el ambiente en que trabajaba, especialmente por lo que a Sara se refería, no era el más adecuado para una mujer casada, pero de ahí a sospechar que viviera en un adulterio constante... No, definitivamente, la distancia era inmensa. Si, finalmente, acabó saliendo de la ignorancia tranquila y feliz en que vivía se debió a Ahías.

Oseas había tenido amistad con Ahías desde la infancia. Ambos habían aprendido a leer y escribir con el mismo maestro, ambos se habían ejercitado en el difícil oficio de la copia de manuscritos a la par y ambos habían decidido convertir esa ocupación en la forma de trabajo que les permitiera ganarse la vida. Hasta ahí llegaban las similitudes. Las diferencias resultaban, desde luego, mucho más numerosas.

Por ejemplo, a Ahías le traía verdaderamente sin cuidado que en Dan y Betel hubiera unos becerros levantados por Jeroboam a los que acudía la gente a rendir culto. De hecho, le parecía que aquellas imágenes eran una ventaja, porque evitaban la molestia de tener que bajar tres veces al año a Jerusalén, una ciudad que, para colmo, era capital de un reino hostil. Por ejemplo, Ahías despreciaba la idea de que existiera, hubiera existido o pudiera existir una nación de Israel que agrupara a las doce tribus. De hecho, le interesaba únicamente el reino del norte y sentía un desprecio casi instintivo por la gente que vivía al sur. Por ejemplo, Ahías copiaba los *Sefer Torah* exactamente igual que Oseas, pero los interpretaba de una manera radicalmente distinta. De hecho, tenía una extraordinaria facilidad para encontrar argumentos que le permitieran violar las normas.

Esta última circunstancia era, con relativa frecuencia, origen de encendidas discusiones con Oseas. Cuando el marido de Gomer se quejaba de que proliferara la prostitución en Israel y de que, sobre todo, los hombres casados recurrieran a ella, Ahías le decía que, a fin de cuentas, el patriarca Judá se había acostado con prostitutas y les había pagado entregándoles un cabrito. Cuando Oseas lamentaba la falta de veracidad que cundía por todas partes en Israel, Ahías le contestaba que el patriarca Jacob no se había caracterizado precisamente por el ejercicio continuado de la sinceridad. Cuando Oseas casi derramaba lágrimas al referirse al culto a las imágenes tan extendido en Israel, Ahías le respondía que aquellas tallas de madera o aquellas pinturas en los muros tan sólo pretendían representar a un Dios que era invisible y que, por tanto, servían para acercarlo a la gente.

Ninguno de aquellos razonamientos convencía lo más mínimo a Oseas e incluso en ocasiones le causaban un enorme pesar. Ahías, a fin de cuentas, copiaba los mismos textos que él, repasaba los mismos textos que él y entregaba los mismos textos que él, pero se comportaba en relación con ellos de manera diametralmente opuesta. La razón fundamental era que, mientras que Oseas se sometía a la Torah por que la consideraba la Palabra que Dios había entregado a Moisés en el Sinaí, Ahías la examinaba como cualquier otro escrito humano y, situado por encima de ella, decidía lo que le parecía digno de aplicación y lo que no debía tenerse en cuenta. A pesar de todo, la amistad entre Oseas y Ahías nunca se había extinguido por completo. Ahías no era del todo mala persona y Oseas oraba continuamente para que Dios le diera una luz que le permitiera salir del lugar donde se encontraba, aunque, si no estaba dispuesto a escuchar lo contenido en la Torah, ¿qué más luz podía darle?

Por discreción, Oseas no había querido adentrarse nunca en las intimidades de Ahías, pero no le costaba mucho imaginar que su vida privada andaba tan desviada como su interpretación de la Torah. Quizá por eso no dudó en ningún instante de todo lo que le dijo aquella mañana fresca y soleada del mes de Nisán.

Había desayunado tranquilamente con Gomer y, después de que ésta marchó para el comercio, se había sentado a escribir a la espera de que llegara la joven que se ocupaba de sus tres hijos. Le sorprendió que Ahías apareciera por su casa en esos momentos. No sólo es que no era habitual, sino que además la visita se produjo a una hora aún temprana del día.

—*Shalom*…

La palabra sonó desde la puerta de la casa más como un interrogante que como un saludo.

Oseas se sorprendió, pero cuando acudió a la entrada y vio a Ahías le invitó a entrar.

—*Shalom*. ¿En qué puedo servirte, Ahías? ¿Te apetece un poco de leche? ¿Agua?

—No. No, gracias —rechazó el ofrecimiento Ahías a la vez que movía la cabeza.

—Siéntate, pues, y dime.

Ahías había tomado asiento sin levantar la mirada, con el rostro invadido por un gesto hosco, incómodo.

—La verdad es que no sé por dónde empezar... —había añadido mientras mantenía los ojos clavados en el suelo.

—Quizá lo mejor sería que lo hicieras por el principio —dijo risueño Oseas.

—No estoy seguro de conocer el principio... —respondió Ahías de manera enigmática.

—Pues entonces...

Ahías levantó la mirada. Sus pupilas relucían con un brillo especial, como si estuviera a punto de romper a llorar, hubiera pasado la noche en blanco o se hubiera excedido bebiendo vino. No le cupo la menor duda a Oseas de que su amigo se encontraba bajo una carga verdaderamente insoportable.

—Oseas —dijo mirándolo de hito en hito—. Me duele tener que decírtelo, pero tu mujer es una ramera.

Oseas abrió la boca una, dos, tres veces, pero no logró articular ningún sonido. Era como si las palabras de su amigo le hubieran cortado la garganta impidiéndole hablar.

—Lo siento. Lo siento de verdad, pero Gomer es una prostituta —repitió algo más sereno Ahías.

—¿Quieres… quieres decir que me es infiel? —dijo Oseas con un hilo de voz—. ¿Quién… quién es…quién es su amante?

—Oseas, no me has entendido —le interrumpió Ahías—. No se trata de que tenga un amante. No es que esté cometiendo adulterio con un hombre. Lo que hace Gomer es venderse por dinero a todo el que está dispuesto a pagarla. Tu mujer es una vulgar prostituta.

—Pero… pero ¿qué estás diciendo? —gritó ahora Oseas a la vez que se ponía en pie de un salto—. ¿Cómo te atreves? Sí, ¿cómo te atreves a decir eso de mi mujer? ¿Tú te crees que voy a consentirlo? ¿Eso es lo que crees?

Ahías expulsó una bocanada de aire por las ventanas de la nariz. Estaba cansado y viendo la reacción de Oseas había comenzado a arrepentirse de haberle contado nada.

—Mira, Oseas —comenzó a decir con la voz rezumante de tristeza—, a mí no me causa ningún placer el tener que contarte todo esto. Además, Gomer no es mi mujer y, por lo tanto, no forma parte de mis responsabilidades. Pero, me creas o no, lo que acabo de decirte es verdad. Todos los días, cuando tu mujer sale de casa, se dirige a una tienda de perfumes que atiende junto con su amiga Sara y otras mujeres. Pero no vende nada. O, la verdad sea dicha, sí vende. Vende su cuerpo. Claro que todo queda oculto por el comercio.

—¿Cómo sabes que eso es cierto? —preguntó Oseas, que se esforzaba por no creer lo que estaba escuchando.

—Pues no sé si...

—¡Dímelo! ¿Cómo lo sabes? —gritó Oseas a la vez que agarraba a Ahías por los brazos y lo agitaba como si así pudiera arrancarle la verdad de lo más hondo del pecho.

—Por Doeg... —respondió Ahías con un hilo de voz.

—¿Cómo... cómo dices?

—Doeg me contó que se había acostado con Gomer.

Si alguien hubiera golpeado la cabeza de Oseas, no hubiera quedado éste tan aturdido como había quedado tras escuchar las palabras de Ahías. Desde lo más profundo de su ser habría deseado decirle que mentía, que lo habían engañado, que en cualquiera de los casos aquello no podía ser verdad. Sin embargo, en su interior sabía que aquella última frase estaba teñida de veracidad.

Trastabillando, como si fuera un hombre totalmente ebrio, Oseas dio unos pasos hacia atrás y se apoyó en la pared. Pero el golpe le había privado de todas sus fuerzas y, deslizándose por el muro, acabó sentado en el suelo. Entonces fue cuando rompió a llorar igual que si hubiera sido un niño.

OSEAS

*N*o estoy seguro de que esto sea una buena idea… —dijo casi sin aliento Ahías mientras se esforzaba por mantenerse a la altura de las zancadas de Oseas.

No parecía que éste lo escuchara. A decir verdad, daba la sensación de que sólo tenía ojos para ver el camino que conducía hacia el comercio a donde se dirigía Gomer cada mañana. Ahías habría deseado contenerlo, evitar que llegara en aquel estado de ánimo a la tienda, obligarlo a reflexionar, pero no se había atrevido. Oseas le parecía tan excitado que no creía que estuviera dispuesto a escucharlo ni a razonar. Sólo cuando vislumbró a unas docenas de pasos el edificio, se atrevió a apretar el paso, adelantar a Oseas y, poniéndose delante de él, detenerlo.

—Creo que sería mejor que regresaras a tu casa —dijo jadeando.

Oseas lo miró por un instante y luego lo bordeó por la izquierda y siguió avanzando. Antes de que Ahías pudiera darse la vuelta, el marido de Gomer había entrado en la tienda.

Nunca antes había visitado Oseas aquel lugar y ahora se quedó absolutamente pasmado tras cruzar el umbral. Una mezcla de aromas de todo tipo, aunque en conjunto agradables, lo envolvieron como si acabara de penetrar en el interior de una nube. A aquella atmósfera perfumada que contrastaba con los olores a animales de todo tipo que llenaban la calle, el local sumaba una frescura inesperada. La iluminación era tenue, pero suficiente como para proporcionar al lugar una suma de sensaciones extraordinariamente sugestivas.

Oseas se pegó a una jamba y, oculto en la penumbra, observó lo que sucedía en aquel rincón del pueblo donde, supuestamente, se comerciaba con perfumes y especias. No tardó en percatarse de que Ahías no había exagerado lo más mínimo. Los hombres llegaban, fingían preguntar por alguno de los artículos que se exponían y luego aceptaban la invitación de alguna de las mujeres de pasar a la trastienda. Fue precisamente al comprobar ese trámite cuando el corazón de Oseas se aceleró hasta casi sentir que se le estrellaba contra la tabla del pecho. Ahora sólo quedaba una manera de comprobar si lo que le había contado el escriba era verdad. Bastaría con esperar a que alguna de las mujeres regresara.

Lo hicieron dos, pero les tomó bastante tiempo, y además emergieron de las sombras arreglándose el pelo mientras que sus clientes se ajustaban el cinturón o se ajustaban la barba. Sí, no cabía duda. ¿Desde cuándo la gente se descomponía así oliendo un frasco de perfume o examinando un tarro de afeites? Estaba a punto de abandonar el local, envuelto en una mezcla de asco y repugnancia, cuando le pareció ver a Gomer. Sí. Era ella. Ciertamente, el contraluz impedía distinguir sus facciones, pero la silueta se recortaba contra la penumbra de la entrada a la trastienda y él había visto y acariciado aquel perfil mil y una veces. Se había detenido muy pegada a un hombre. Entonces el cliente se volvió y juntó su rostro al de la mujer besándola. Ella, por su parte, levantó las manos, sujetó un instante la cara masculina y luego la apartó dejando escapar una risita divertida. La luz descendió sobre el varón cuando se apartó de la puerta y Oseas apenas pudo reprimir una sensación de náusea que le subía desde la boca del estómago y que se le agarró a la garganta. Aquel sujeto acababa de yacer con su esposa y, a juzgar por la sonrisa de satisfacción que lucía, debía de encontrarse más que satisfecho. Aunque… ¿y si no era Gomer?

La esperanza, el deseo, el ansia de que su esposa fuera inocente empujó a Oseas a emerger de la oscuridad, cruzar la tienda y precipitarse hacia la puerta. La mujer se había dado la vuelta y caminaba hacia algún lugar situado en el interior del local, pero lo estaba haciendo con la suficiente languidez como para que pudiera alcanzarla fácilmente.

—¿Gomer? —preguntó Oseas mientras oraba en lo más profundo de su corazón porque aquella a la que había contemplado besándose con otro hombre no fuera su esposa.

La mujer se detuvo un instante y, al hacerlo, Oseas sintió que se le paralizaba el corazón. Luego se giró sobre sí misma preguntándose a quién correspondía aquella voz demasiado ahogada como para poder reconocerla.

—Gomer… —dijo Oseas con un hilo de voz.

—¿Qué estás haciendo aquí? —interrogó la mujer con un tono de voz áspero, molesto, irritado incluso.

—Quise… quise saber si era… si era cierto…

—Si era cierto ¿qué, Oseas? ¿Qué?

El marido no respondió. La reacción de su esposa lo abrumaba, lo aplastaba, casi lo maniataba. ¿Cómo era posible que, habiendo sido descubierta, tuviera el descaro de enfrentarse con él? Pero ¿qué había sido sucedido con ella? ¿De qué poderoso hechizo había caído presa?

—Gomer —acertó a decir tras tragar saliva—. Deja… deja todo esto. Vuelve a casa. Los niños…

—Los niños… ¡Ja! —le interrumpió la mujer al mismo tiempo que se daba una sonora palmada en el muslo—. ¿Qué pasa con los niños? ¿Acaso no puedes con esas tres criaturas?

Oseas bajó la cabeza avergonzado. Su mujer había alzado la voz, al pronunciar las últimas frases, y temía que en esos momentos todos los clientes que había en el comercio los estuvieran mirando.

—Por favor —musitó Oseas—. No grites. Volvamos a casa y...

—No pienso regresar a casa —dijo Gomer con una resolución que a ella misma sorprendió.

—¿Cómo... cómo...?

—Me has oído perfectamente —respondió la mujer que sentía en su interior una fuerza extraordinaria—. Seguramente, tenía que haber dado este paso hace mucho tiempo, pero el caso es que no pienso volver. Márchate tú.

—Pero... —suplico Oseas—, pero estamos casados y... y tenemos hijos... Gomer, tenemos que hablar sobre esto y...

—No tenemos que hablar nada. Nada de nada. Ya estoy harta, muy harta, de la vida que he tenido a tu lado. Sí, no me mires de esa manera, porque es la verdad. De no ser por los niños... pues seguramente me hubiera ido hace años. Yo... yo necesito vivir de otra manera. No es que tú seas malo. No estoy diciendo eso, pero yo quiero ser libre, quiero respirar, quiero levantarme cuando me apetezca y cuando me apetezca seguir durmiendo, quiero vestidos nuevos y un calzado que no se caiga a pedazos. Quiero todo eso. Y perfumes y aromas y... Bueno, que se ha acabado. Se ha acabado. ¿Entiendes? Se ha acabado.

—¿Y los niños?

—Te puedes quedar con ellos. Y ahora, márchate, tengo muchas cosas que hacer.

Oseas no se atrevió a replicar. Por el contrario, vio, sin abrir la boca, cómo Gomer se apartaba de él. Luego, con los ojos empañados por una mirada ausente, abandonó el local como si estuviera ebrio. Sus pies se movían solos, de manera mecánica, como si se tratara de un autómata. Ni siquiera reparó en que Ahías había comenzado a seguirlo con gesto adusto.

Entró en su casa mirando con unos ojos que no veían. Cruzó la habitación primera y penetró en la pieza que le servía de alcoba. Entonces fue como si las piernas le fallaran y doblándosele, lo obligaran a caerse. Sintió, primero, cómo las palmas de las manos se golpeaban contra el suelo frío. Luego su cuerpo, igual que si se tratara de una marioneta a la que le hubieran cortado los hilos, se desplomó desmadejado y entonces, en ese mismo instante, como si fueran nubes preñadas por una masa ya incontenible de agua, sus ojos rompieron a llorar.

No hubiera podido precisar Oseas el tiempo que pasó llorando en aquel rincón de su casa. Lloró, lloró y lloró como si un depósito de lágrimas se hubiera roto en el interior de su corazón. Una, dos, tres veces pensó que iba a concluir su llanto, pero cada vez que llegaba a ese punto dentro de él se producía una nueva explosión de dolor y continuaba derramando su profundo pesar. Finalmente, tras un buen rato de sollozar, se detuvo y comenzó a hipar. Fueron sus hipidos, en realidad, suspiros largos al término de los cuales sentía que se quedaba sin aire y se veía obligado a boquear.

Se incorporó con dificultad hasta quedar sentado y apoyar su espalda en la pared. Entonces se pasó la mano por el rostro para secarse las lágrimas. Se percató con horror de que tenía la barba empapada, como si acabara de lavarse y no se hubiera secado. Dejó que los dedos descendieran hasta posarse sobre la tabla del pecho. Le dolía. Sí, le dolía mucho, muchísimo. Como si una mula enloquecida le hubiera propinado una coz.

Pero ¿qué era lo que había sucedido? ¿Podía haberle pasado todo aquello de verdad? Pero ¿por qué? ¿Por qué... a él? ¿Qué había hecho él para merecer todo aquello? Dios le había mostrado que debía casarse con aquella mujer y lo había hecho. Dios le había dado tres hijos y se ocupaba de ellos trabajando noche y día. Dios le había entregado una ocupación de escriba y a él se dedicaba con meticulosidad a pesar de que podría haber trabajado en actividades más lucrativas. Y ahora sucedía todo aquello.

La ira, una ira asfixiante que le daba miedo, y el dolor, un dolor tan profundo que le parecía tener un puño de hierro que se complaciera en retorcerle las entrañas, lo mantuvieron aplastado durante un par de horas en un estado de aturdimiento en el que no lograba ir más allá de formularse algunas preguntas que no tenían respuestas. Y entonces, de la manera más inesperada, percibió en su corazón una sensación nueva. Fue como un peso depositado sobre su pecho impidiéndole inspirar, como una herida mal cerrada desgarrándose, como la hoja de un cuchillo extraordinariamente afilado abriéndose camino sobre su piel. De repente, había comenzado a sentirse culpable.

Y si... ¿y si, a fin de cuentas, todo era responsabilidad suya? Sí, por supuesto que él no se había ido con ninguna otra mujer y era innegable que siempre se había comportado de manera decente con Gomer, pero… quizá no la había atendido lo suficiente. Sí, quizá no había prestado oídos a sus necesidades. A lo mejor se había dirigido a él una vez o mil y, en lugar de escucharla, se había empeñado en continuar su trabajo copiando *Sefer Torah* o pronunciando sus oraciones. Era hasta posible que Gomer se hubiera sentido agobiada con las criaturas y él no se hubiera percatado. Quizá…

Pero la verdad es que, por más que Oseas intentó dar con alguna causa de responsabilidad personal en aquel drama no consiguió encontrarla y, a pesar de todo, no se acalló su culpabilidad.

Durante semanas, vivió como sumido en los vapores de un sueño sobrecogedor. Se despertaba airado o llorando de madrugada y se desplomaba a causa del agotamiento durante las horas de trabajo de la tarde. Se sentía incapaz de comer o, inesperadamente, notaba cómo el deseo de tragar lo que fuera lo atenazaba. Se entregaba a meditar en la Torah y las líneas escritas comenzaban a bailar ante sus ojos como si se negaran a ser objeto de su lectura. Se esforzaba por arrancar alguna alegría del contacto con sus hijos, pero terminaba por procurar contener las lágrimas que del corazón le subían hasta los ojos.

Y entonces, cuando menos lo esperaba, una mañana abrió los párpados y sintió en lo más hondo de su pecho un calor especial. Era como si no procediera de una fuente material, sino, más bien, naciera de un poder que superaba ampliamente lo humano. Y aquel calor le hizo sentirse tranquilo y aquel calor le comunicó que no estaba solo y aquel calor le dejó la sensación de que no debía temer, porque todo obedecía a un propósito quizá incomprensible ahora, pero suficiente para cubrir con tierna calidez el áspero frío que le había inundado el alma durante los últimos tiempos. Y cuando Oseas experimentó aquello, no comprendió todo, pero supo sin ningún género de dudas que la vida —para él y para sus hijos— continuaba.

OSEAS

El bullicioso zoco se asemejaba aquella mañana a un gigantesco hormiguero en el que los insectos apresurados vocearan mercancías y gritaran escandalizados cuando los vendedores no les aceptaran las contraofertas en medio del regateo. Comerciantes de Israel, *goyim* de las más diversas procedencias e incluso algún que otro súbdito del reino de Judá, tan mal considerado en aquellas tierras, agitaban los brazos, sacaban el pecho o señalaban sus productos, que iban desde pescados arrancados a las olas del Mar Grande a joyas procedentes de Mitsraym, pasando por tintes originarios de la cercana Fenicia.

En no escasa media, pasear por aquel mercado era ya en si un extraordinario pasatiempo. No hacía falta comprar nada para tener unos momentos de diversión viendo la indignación, generalmente fingida, de un comprador que intentaba conseguir una rebaja del precio; observando la rareza exótica de los bienes expuestos o examinando la abigarrada diversidad de lenguas y pueblos que, no obstante, se las arreglaba para entenderse y, al fin y a la postre, para concluir un acuerdo tras otro.

Quizá por todo aquello casi nadie reparó en la manera en que Oseas se abría paso entre aquella muchedumbre gritona hasta llegar a un pozo situado en medio del zoco. Apartó con energía un par de bestias dejadas allí por sus dueños y con gesto ágil se encaramó al broquel. Luego, con las manos apoyadas en la cintura, casi como si estuviera trazando con su cuerpo un gesto desafiante, contempló a la muchedumbre y esperó un instante a que repararan en él.

No tardó en suceder. El que un hombre se colocara en un lugar así no tenía sentido alguno y pronto la gente comenzó a preguntarse si no acabaría cayéndose en cualquier momento e incluso algunos le gritaron que, por prudencia, se bajara de aquel tan poco seguro sitio. Sin embargo, Oseas no les prestó atención. Por el contrario, dejó que su mirada se deslizara sobre los rostros de los que estaban en el mercado como si de esa manera pudiera llamarlos silenciosamente. Así fue. Al cabo de unos instantes, un grupo de curiosos se había arremolinado en torno a él y lo contemplaba con nada oculta expectación. Sí, no es que tuvieran interés o aún menos pensaran que lo que podía decir aquel hombre resultara en absoluto importante para sus existencias, pero intuían que podía, si no divertirlos, sí, al menos, entretenerlos por un rato.

—Escuchad palabra de Adonai, hijos de Israel —comenzó a decir Oseas clavando su mirada en los presentes—, porque Adonai va a iniciar un pleito con los que habitan *Ha–Arets...*

—¿Un pleito? —gritó un comerciante de aspecto orondo—. ¿Con nosotros? ¿Y por qué, si puede saberse?

El hombre frunció los ojos, caminó un par de pasos hacia el que le había lanzado las preguntas y dijo con voz serena, pero inquietante:

—Porque no hay verdad, ni misericordia, ni conocimiento de Dios en *Ha–Arets.*

—¡Baaah! —dijo un calvo de aspecto enjuto a la vez que movía la diestra con gesto de rechazo—. Lo que nos faltaba por oír hoy. Un agorero. Un predicador de desgracias. Ya será menos... Anda, bájate de ahí que como te caigas, te matas.

—Han prevalecido —contestó el hombre— el perjurar, y el mentir, y el matar, y el hurtar y el cometer adulterio, y sangres se tocaron con sangres.

—Me molestan estas exageraciones —bisbiseó al oído de una amiga una mujer cuyo pelo parecía dotado de una forma que desafiaba las leyes del equilibrio.

—Por todo esto, *Ha–Arets* se cubrirá de luto y se agotará todo el que mora en ella, junto con las bestias del campo, y las aves del cielo —dijo el hombre y concluyó—: Hasta los peces de la mar perecerán.

La última afirmación había sido pronunciada con tanta contundencia que, por un instante, los presentes guardaron silencio.

Pero fue cosa de un instante. En un extremo, un levita dijo en voz baja a otro:

—Un poco extremo es, pero con gente como ésta…

Y subrayó la última frase con un gesto de los dedos, como si con él pudiera apartar de su cercanía a los que no pertenecían al orden sacerdotal.

—Que ningún hombre discuta o regañe a otro hombre —dijo Oseas como si deseara evitar cualquier parapeto tras el que pudieran refugiarse los que escuchaban sus palabras—. Caerás, por tanto, en el día, y de noche caerá también contigo el profeta y a tu madre talaré.

—¡Esto ya es excesivo! —exclamaron los sacerdotes mientras levantaban los brazos en señal de protesta—. Pero ¿qué te crees? ¿Que sabes más que nadie? Pero… pero si eres un ignorante…

Oseas bajó la cabeza y musitó en voz baja:

—Vosotros sí que sois ignorantes.

Luego alzó el rostro, dejó que su mirada se deslizara sobre los rostros de los que le rodeaban y, elevando la voz, gritó:

—Así dice Adonai: Mi pueblo fue talado, por falta de conocimiento. Porque desechaste la sabiduría, yo te expulsaré del sacerdocio y puesto que olvidaste la ley de tu Dios, también yo me olvidaré de tus hijos. Conforme a su grandeza así pecaron contra mí. Cambiaré su honra en afrenta. Comen del pecado de mi pueblo, y en su maldad levantan su alma.

Un murmullo de aprobación acogió las palabras de Oseas.

—Sí. Son unos aprovechados.

—Unos ladrones... —masculló una mujer con la misma fuerza que si hubiera lanzado un escupitajo.

Oseas dio un par de pasos, abrió los brazos como si deseara abarcar con ellos a todos los presentes, a sus familias, a toda la nación de Israel, y dijo con una voz que sonó restallante como un látigo:

—Al pueblo le sucederá lo mismo que al sacerdote.

Un escalofrío gélido como el aire matutino de las montañas surcó la audiencia.

—Así dice Adonai: Visitaré sobre él sus caminos, y le pagaré conforme a sus obras. Y comerán, pero no se saciarán; fornicarán, pero no aumentarán, porque dejaron de escucharme. La fornicación y el vino y el mosto enturbian el corazón. Pero no sólo habéis hecho eso. Mi pueblo a su madero pregunta, y su palo le responde: porque espíritu de prostituciones lo ha engañado, y se han prostituido bajo sus dioses.

—¡Intolerable! ¡Intolerable! —comenzó a mascullar uno de los presentes, pero Oseas no parecía haberlo escuchado o, si lo había hecho, no tenía el menor interés por aquella opinión airada. Por el contrario, estiró la diestra y señaló a un lugar que no podía verse, pero que todos sospecharon.

—Sobre las cimas de los montes sacrificaron y quemaron incienso sobre los collados. Y también debajo de las encinas y de los álamos y de los olmos que tuviesen buena sombra. Pues bien, vosotros, os habéis prostituido y por tanto, vuestras hijas se prostituirán y cometerán adulterio vuestras nueras. Pero Adonai no juzgará a vuestras hijas cuando se prostituyan ni a vuestras nueras cuando comentan adulterio…

La voz de Oseas se quebró igual que si hubiera experimentado un súbito dolor que le impidiera seguir hablando. Se trató, sin embargo, de un instante. De un instante breve, porque, de manera inmediata, respiró hondo y exclamó:

—Porque ellos comercian con las rameras, y con las malas mujeres sacrifican. Por tanto, el pueblo que carece de entendimiento caerá.

—O sea, que van con tu mujer… —gritó uno de los sacerdotes.

—Sí. Eso es —se unió a la voz una hembra de pelo rojizo y carnes enjutas—. No deberías criticarlos tanto… a fin de cuentas, dan de comer a esa furcia que tienes por esposa.

Oseas sintió como si un puño de hierro le penetrara en las entrañas y comenzara a retorcérselas. Sin embargo, no respondió.

—Mira, Oseas o como te llames —dijo uno de los sacerdotes acercándose a él—. Si tan celoso eres del cumplimiento de la Torah, ¿por qué no entregas a tu mujer para que la lapidemos por adúltera?

—Quizá no sea culpable —señaló otro levita con una voz cargada de ironía—. Podríamos someterla antes a la prueba de las aguas amargas para ver si es o no una adúltera…

—Sí. Eso, eso —palmoteó riéndose un artesano—. Cuando acabe con el cliente con el que está ahora y antes de que se ponga debajo del siguiente, que beba las aguas amargas.

El coro de carcajadas que recibió las últimas frases le pareció a Oseas ensordecedor, como si procediera de un millar de gargantas, como si su tono fuera más propio de las bestias que de seres humanos, como si en vez de expresar risas tan sólo ansiara vomitar odio. En aquellos momentos, hubiera roto a llorar de buena gana. Se contuvo. Ni podía ni debía perder la compostura frente a aquella gente, una gente cuyo peor pecado no era la crueldad con que se mofaban de su desgracia ni tampoco la impiedad que marcaba sus existencias, sino su profunda convicción de que no debían cambiar de vida.

GOMER

A diferencia de Oseas, Gomer se sentía muy feliz en su nueva vida. El hecho de no tener responsabilidades domésticas, de no verse obligada a atender a un marido, de haberse desprendido de los quehaceres relacionados con los hijos le había inyectado una gratísima sensación de libertad. A decir verdad, pensaba que era la primera vez en su vida en que podía considerarse plenamente libre. Por encima de ella no había ni padres ni esposo que recortaran su libérrima voluntad o que le marcaran hábito de comportamiento alguno.

Incluso —lo que no habría pensado en ningún momento— el ejercicio de la prostitución comenzó a gustarle. Por supuesto, era una ocupación dura y degradante para muchas mujeres, pero estaba convencida de que ése no era su caso. La gente que iba a visitarla al comercio de perfumes por regla general tenía cierta posición económica y en no pocos casos se trataba de personas de cierta edad que buscaban una satisfacción inmediata y fuera de lo que pudiera ofrecerle su esposa o su concubina. Y ahí Gomer encontró un motivo de disfrute adicional. Al dinero fácil obtenido con su nuevo trabajo se sumó la satisfacción de saberse dueña de las artes de un oficio. Poco a poco fue descubriendo que engatusar a los hombres, entusiasmarlos en el lecho, sacarles más dinero del pactado y contarles historias falsas, pero rentables, era algo que la entusiasmaba.

En todas aquellas semanas, apenas se acordó de sus hijos. A decir verdad, incluso la memoria de sus rostros se fue convirtiendo en algo que, poco a poco, perdió sus contornos. Como si el recuerdo hubiera sido un dibujo trazado con los dedos en la arena de la playa para que las olas lo disiparan con facilidad, el devenir cotidiano fue llevándose poco a poco sus rasgos, sus facciones y, en no escasa medida, sus recuerdos. Sin embargo, el olvido nunca fue total y siempre, cuando se hubiera podido pensar que estaba a punto de liberarse de la pesada carga que representaba la memoria, un olor, una textura, un sonido le recordaban que aún seguía siendo madre y que sus hijos estaban en algún lugar. De hecho, ocasionalmente, de la manera más inesperada, una simple asociación de ideas le traía a la memoria una reminiscencia, una escena, una anécdota de cualquiera de sus hijos. Cuando eso sucedía, era como si una aguja especialmente aguda y afilada se le introdujera en el pecho impidiéndole respirar. En una ocasión incluso aquella desagradable experiencia le había acontecido mientras se vendía a un hombre. Se estaba desnudando cuando la tocó en el hombro y sintió un tacto suave, tan suave que le recordó a su hija. Por unos momentos, se vio precipitada en un estupor extremadamente doloroso y perdió la concepción de dónde se encontraba. Sólo cuando el varón que había pagado para poseerla le preguntó si le pasaba algo, volvió en sí. Musitó entonces una excusa y se entregó al cliente.

Con seguridad, el peor momento lo sufrió de la manera más inesperada una mañana de sol cálido y brillante. Gustaba a Gomer salir a pasear tras desayunar antes de que los hombres fueran llegando a su establecimiento. En esas horas, se sentía especialmente sana y fuerte, y gustaba de ver el impacto que contemplar su figura ataviada con vestimentas finas y joyas costosas causaba en las mujeres que habían madrugado para preparar la comida de sus familias o para acudir a lavar. Se sentía —y no erraba— observada por todas las mujeres y aquellas miradas de sorpresa y de envidia la llenaban de satisfacción. Sí, se decía, posiblemente, muchas de ellas seguían siendo decentes, y se ocupaban de sus hijos y eran fieles a sus maridos. Sin embargo, estaba convencida de que se comportaban así porque no podían hacer otra cosa. A buen seguro si su rostro hubiera sido tan hermoso, si su cuerpo hubiera sido tan deseable, si su ser hubiera sido tan atractivo como los suyos, no estarían doblando el espinazo para limpiar el interior de casas miserables o lavar la ropa sucia de la familia. ¡Qué bien había hecho abandonando a Oseas y a los críos! Ahora hacía lo que deseaba. Ahora era verdaderamente feliz. Ahora era libre. No como todas aquellas esclavas.

Se encontraba paladeando aquellos pensamientos gratificantes cuando, de pronto, divisó a lo lejos tres figuritas que doblaban la esquina y comenzaban a subir la cuesta que ella bajaba. No le llamaron la atención aquellos cuerpecillos al principio. A decir verdad, los niños, en general, le resultaban seres molestos a los que procuraba evitar de la misma manera que hubiera hecho con animalitos si no peligrosos, sí pesados y enojosos. Sólo cuando estaba a una docena de pasos, sus ojos se detuvieron por un instante más en aquellos rostros y entonces... entonces reconoció a Jezreel. Sí, era él. Había dado un buen estirón en aquellos meses. Tenía los brazos y las piernas más largos y su cuello erguido anunciaba que sería una criatura espigada e incluso dotada de una cierta elegancia. Situado en el centro del trío sujetaba las manitas de sus dos hermanos como si pretendiera, a la vez, guiarlos y evitar que cayeran. Quizá el encuentro no hubiera tenido mayor relevancia de no ser porque el niño abrió la boca y sus labios dibujaron una palabra. *Imah.*

No sonó aquel apelativo infantil que se dirige única y exclusivamente a las madres. A decir, verdad, tan sólo quedó formulado de manera insonora. Sin embargo, en el corazón de Gomer aquellas sílabas repercutieron con más fuerza que si la hubieran expresado soplando un millar de trompetas. Por un instante, por primera vez a decir verdad, se preguntó si quizá se había equivocado, si no debía abandonar aquella vida que tanto la seducía, si no tendría que arrodillarse, abrazar a los niños y regresar con ellos a casa. Fue igual que un relámpago cuya luz inunda por un instante la espesa negrura de una noche sumida en una terrible tempestad. Sin embargo, de la misma manera también, aquella luminosidad, intensa y clara, se disipó y su sentimiento, natural y noble, quedó reducido a la pobre categoría de lo efímero.

Con gesto rápido, casi violento, como si pretendiera resguardarse de un peligro, Gomer se llevó el velo a la cara para evitar que sus otros dos hijos la reconocieran y apretó el paso para alejarse de ellos y, sobre todo, de los sentimientos que, por un instante, le habían inspirado.

Estuvo Gomer el resto de aquel día irascible. No es que se sintiera culpable, no. Es que estaba irritada por lo que consideraba una debilidad suya. ¿Cómo, siendo tan feliz, podía haber pensado en la posibilidad de abandonar tanta dicha aunque sólo fuera por un instante? ¿Cómo se le podía pasar por la cabeza la idea de arrojar al arroyo lo que había ido ganando con tanto sacrificio? ¿Cómo iba a desprenderse de todo lo que colmaba su vida de alegría y satisfacción tan sólo porque se había cruzado en su camino un mocoso? ¡Se necesitaría ser estúpida para renunciar a lo que disfrutaba a diario! Sí. Eso era lo que tenía que hacer. Sacarle el jugo a todo lo bueno que le ofrecía su existencia. Aquella noche, uno de sus clientes le pagó por un pomito de olor treinta veces el precio de mercado y se sintió más que reconciliada con aquella vida que llevaba.

Al fin y a la postre, lo que conmovió hasta los cimientos la sólida dicha de Gomer no fueron ni el recuerdo de sus hijos, cada vez más leve; ni el sentimiento de culpabilidad que no abrigaba; ni el comportamiento bochornoso de sus clientes, ya que a cualquiera hubiera avergonzado anunciar a la luz lo que pedían sumidos en las tinieblas de la alcoba. No, lo que provocó una conmoción en la vida de Gomer fue algo natural y, sin embargo, inesperado para ella.

Siempre había sido Gomer una mujer de menstruaciones regulares. A diferencia de otras hembras, ni sufría dolores terribles, ni adelantos o retrasos, ni desarreglos especiales. Era más sistemática que el sol cuando salía todas las mañanas para alumbrar la tierra. Sin embargo, aquel mes Gomer no experimentó su ciclo natural. El día en que tenía que haberse producido, a pesar de que Gomer ya había advertido que no trabajaría por las servidumbres propias de su organismo, no hubo la menor señal. Se extrañó Gomer, pero no le dio mayor importancia ni ese día, ni al siguiente ni al otro. Es más, al cabo de una semana volvió a sus tareas de meretriz. Y los días continuaron sucediéndose y tuvo que llegar una nueva menstruación, pero, como había pasado el mes anterior, no apareció. Entonces, por primera vez, Gomer se sintió inquieta.

—Yo no le daría mayor importancia —dijo Sara mientras contaba sobre la mesa un abultado montón de relucientes monedas de oro. A decir verdad, aquel aburrido trabajo le infundía una satisfacción especial. Primero, iba separando las monedas por tamaño y valor y luego las clasificaba en grupitos que, finalmente, guardaba en cajas específicas.

—¿Estás segura? —preguntó escéptica Gomer.

—Hija… Eso nos ha pasado a todas en algún momento…

—Ya… —dijo Gomer nada convencida de lo que acababa de escuchar de labios de su amiga.

—De todas formas —señaló Sara levantando los ojos de las monedas—, si deseas tomarte unos días de descanso, no creo que el negocio se resienta… déjame ver… Sí, podemos contar con la fenicia, con la egipcia… Mira, sí, lo mejor es que te vayas una temporadita.

Pero Gomer no se marchó. A decir verdad, la idea de pasar unos días sola, incluso en busca de diversión, le parecía poco atractiva. No. Hasta que se aclarara todo aquello lo peor que podía hacer era estarse mano sobre mano permitiendo que las sospechas y los miedos la reconcomieran por dentro. Mejor seguir trabajando.

Y, efectivamente, eso fue lo que hizo durante las semanas siguientes, hasta que pasó un ciclo más y ya no le cupo duda alguna de que estaba embarazada.

—Bueno —le dijo Sara mientras observaba cómo una esclava le pintaba las uñas de los pies—, yo no estaría tan segura. Puede ser o puede no ser…

—Me gustaría ser tan optimista como tú… —pensó en voz alta Gomer.

—De todas formas —señaló su amiga—, si lo que quieres es salir de dudas, conozco a un físico que podría verte. Eso o una comadrona.

—Si el físico es bueno, lo prefiero —respondió.

Se llamaba Hiram y era un fenicio. Pequeño, de piel oscura y cabello ensortijado, daba la sensación de que lo hubieran metido en el horno y no lo hubieran sacado con la suficiente rapidez como para evitar que se quemara. Fruncía los ojos como si intentara captar algo lejano que se recortara en un punto desconocido del horizonte y escuchaba con una atención enorme que Gomer agradeció porque le daba la sensación de que se tomaba en serio su trabajo.

—Necesito ver —dijo una vez que las mujeres le explicaron de lo que se trataba.

Gomer estaba más que acostumbrada a que los hombres la palparan y la devoraran con la mirada, pero se sintió especialmente incómoda cuando el físico comenzó a explorar su cuerpo. Durante un buen rato, el fenicio se mantuvo en silencio y, luego, de manera inesperada, levantó la cabeza, inspiró y dijo:

—Hijita, estás preñada.

Gomer acogió en silencio las palabras del físico que añadió:

—Quizá el padre…

No terminó la frase al captar una mirada de Sara cargada de intención. Sospechando que había cometido un error, bajó los ojos y se preguntó cuándo aprendería a ser discreto.

Gomer pagó al físico sin que se cruzaran sus miradas y abandonó en silencio la casa. Lucía un sol cálido y agresivo que hirió sus ojos una vez que se encontró en el exterior. Respiró hondo buscando un alivio, aunque fuera leve, para su onerosa preocupación, pero lo único que captó fue el olor penetrante y acre del estiércol de animales esparcido por la calle. Sintió entonces que Sara se agarraba de su brazo y, acto seguido, le pasaba la diestra por el rostro en un gesto que, a la vez, pretendía ser de cariño y de apoyo.

—No tienes que preocuparte —le susurró a la vez que la empujaba levemente para comenzar a caminar.

—Si tú lo dices... —comentó Gomer con un deje de amargura.

—Hablo en serio —prosiguió Sara—. Que no te quite el sueño lo que ha sucedido.

Gomer se detuvo en seco y, girándose a la derecha, miró fijamente a Sara.

—Mira, yo te agradezco que me apoyes y que me hayas traído a este físico. De verdad. Pero, te lo suplico, no me digas que no me preocupe. Me espera cerca de medio año sin poder trabajar, sin ganar una mísera moneda y luego vendrá el niño y ahora no tengo a quién dejárselo.

Sara bajó el rostro como si deseara evitar una discusión con su amiga. Sin embargo, tampoco estaba dispuesta a darse por vencida.

—Gomer —dijo al fin a la vez que levantaba la cabeza—, lo que dices es cierto. Es más, no seré yo quien lo niegue, pero... bueno, no tienes por qué tener esa criatura...

—¿Qué quieres decir? —preguntó la embarazada a la vez que fruncía el ceño e intentaba comprender lo que su amiga estaba sugiriendo.

—Quiero decir que el niño puede no nacer —respondió Sara con un tono frío y seguro.

—No… no entiendo…

—Vamos, Gomer. No seas estúpida —dijo Sara a la vez que volvía a agarrar el brazo de su amiga y la obligaba a continuar su camino.

GOMER

Antes de que pudieran llegar al comercio de perfumes, Sara relató someramente a Gomer cuál había sido su experiencia con embarazos no deseados. Por dos veces, había quedado encinta y en ambas había optado por que le provocaran un aborto. La primera vez se había tratado del primer muchacho del que se había enamorado. Sí, era un chico muy agradable, pero su familia había concertado otro matrimonio más conveniente y no podía romper ese compromiso para casarse con ella. Había sido muy atento y afectuoso, sí, tanto que se había ocupado de encontrar y pagar a una mujer que le deshiciera el niño cuando estaba en el cuarto mes. Luego se había casado con la muchacha que habían decidido sus padres.

—¿Volviste a saber de él? —preguntó Gomer.

—Eh… no… no, la verdad es que no. Bueno, como te iba diciendo, ésa fue la primera vez. La segunda fue con Rubén.

—¿Tu...? —comenzó a preguntar Gomer.

—Sí, con el mismo —cortó Sara—. Yo creo que hubiera podido tener ese niño. A fin de cuentas... bueno, da igual. El caso es que él no quería.

—Y abortaste, claro.

—Por supuesto —dijo Sara con un hilo de voz—, aunque... aunque no me hubiera importado tener ese niño.

La inesperada confesión de la mujer produjo en Gomer un efecto similar al de un viento frío y desapacible. Ambos cuerpos femeninos se encogieron, apretándose el uno contra el otro, como si desearan protegerse de un vendaval imaginario. Siguieron caminando sin despegar los labios durante un rato. Era obvio que Sara había perdido el deseo de hablar y por lo que a Gomer se refería tampoco estaba entusiasmada ante la idea de escuchar más historias tristes.

—¿Sabes? —dijo Sara rompiendo el silencio—. Al final... al final, no es tan duro como parece. Quiero decir que si la persona que te deshace el crío es hábil... bueno, pues no... no tiene por qué pasarte nada.

—Ya... —dejó escapar Gomer sin la menor intención de querer decir nada en particular.

—Quiero decir que, en realidad... bueno, que no es un niño... es... es como... como un cuajarón de sangre... sí, como un cuajarón. Eso es.

Habían llegado a la casa y Gomer no hizo comentario alguno a las últimas palabras de su amiga. Se limitó a apretar el paso para cubrir la escasa distancia que la separaba del umbral. Hacía fresco en el interior y los aromas parecían más intensos que nunca, pero Gomer no experimentó la sensación acogedora de siempre, sino una profundamente desagradable como... sí, como si hubiera entrado en un cementerio durante las horas de la noche.

Durante los meses siguientes, se esforzaría una y otra vez, por borrar de sus recuerdos lo que había acontecido aquel día. No se trataba únicamente de no acordarse de que había acudido a que le practicaran un aborto, sino también de extirpar hasta el último resquicio que pudieran tener en su memoria todas las sensaciones que se le habían quedado grabadas. El olor penetrante a hierbas quemadas, el humo espeso que se disipó al abrirse la única ventana de la mísera casucha, las manos ásperas y, a la vez, húmedas de la mujer, la hiriente dureza del lecho donde le indicó que debía tumbarse, la sensación desagradable de ser palpada por alguien extraño como si fuera un animal que se toca para decidir una compra, el paño que le colocaron sobre la cabeza para que no pudiera ver lo que hacían con su cuerpo... Todo aquello había quedado incrustado en su corazón y cualquier asociación de ideas hacía que saltara llevándola a revivir el dolor en sus partes, la sensación, primero, de que le clavaban algo y, luego, de que la abrasaban; la humedad espantosa que le recorrió el bajo vientre y los muslos igual que si hubiera roto aguas y estuviera a punto de dar a luz una vez más; y luego la impresión, vivida en medio de una náusea que amenazó con ahogarla, de que estaba experimentando un vaciamiento de la misma manera que si fuera una gallina a la que arrancaran las entrañas.

¿Qué pudo durar todo aquello? Le dijeron que no había sido mucho y, sin duda, no le mintieron, pero, cuando le asaltaban aquellas impresiones tenía la sensación de que todo se había prolongado durante horas y que durante horas le habían introducido objetos por la vagina y durante horas los habían removido en el interior de su vientre y durante horas habían destrozado cualquier forma de vida que estuviera albergada en su interior.

Se había sentido un poco mareada cuando la ayudaron a incorporarse y no pudo evitar una arcada al contemplar los paños llenos de sangre que la mujer se apresuraba a retirar de debajo de ella y a arrojar a un rincón oscuro.

—Ya ha pasado todo —le había dicho a la vez que le pasaba un paño húmedo por la frente y le depositaba una caricia en el rostro.

Luego, con una sonrisa condescendiente, había añadido:

—¿Ves como no ha sido nada?

Pero aquella pregunta Gomer la había oído como si se la formularan desde otra habitación o desde fuera de la casa o incluso desde el otro extremo de la calle. La razón era que sus ojos habían quedado atrapados, como presa de un hechizo, por un paño otrora blanco y ahora empapado en sangre que yacía apartado de los que la mujer le había sacado de entre las piernas. Algo —¿cómo

146

definirlo?— le advirtió en lo más profundo de su ser de que no era un trozo de tela más y entonces, impulsada por una fuerza desconocida, se precipitó hacia aquel trapo arrugado.

Trató la mujer de contenerla y también Sara estiró las manos en un intento de sujetarla. Fue inútil. Gomer se lanzó como lo hubiera hecho un perro sobre su presa y deslió aquel pedazo de ropa y entonces lo vio. Lo vio con tal claridad que hubiérase dicho que el sol había concentrado toda la potencia de sus rayos en aquel extremo de la reducida habitación.

Se trataba de una figurita en todo semejante a un niño dormido. Podría haberse dicho que estaba desnudo totalmente, que su piel era más rojiza e incluso que la cabeza resultaba un poco más grande y desproporcionada de lo habitual en un bebé. Sin embargo, eso era precisamente lo que era. Un bebé. Sus manitas sin vida, sus dedos diminutos, sus pies recogidos, su rostro de ojos cerrados aparecían claramente configurados como si un mago hubiera reducido mediante una brujería prodigiosa a una criatura de un año a las dimensiones de un juguete o de una imagen diminuta como las utilizadas para el culto doméstico. Pero no era ni un juguete ni un idolillo. Aquella figura de carne y hueso —sí, de carne y hueso— era su propio hijo. Un hijo tan suyo como Jezreel o Lo-ruhama. Un hijo al que una extraña acababa de dar muerte porque ella la había pagado para hacerlo.

GOMER

a visión de aquel cuerpecito se convirtió en un suplicio constante para Gomer. Intentó, por supuesto, sobreponerse, pero su estado de ánimo se desplomó igual que una choza de melonar enfrentada a la poténcia de un huracán. Continuamente se sentía perseguida por sensaciones que le recordaban aquella ocasión y entonces rompía a llorar o se quedaba como alelada. La situación no repercutió especialmente en el negocio durante los primeros días, porque tanto Sara como ella consideraron que lo más sensato era que se tomara un breve descanso. Sin embargo, aquel reposo no le causó el efecto deseado. Por el contrario, al contar con más tiempo libre, le resultó más difícil evitar que las angustiosas remembranzas se apoderaran de ella. A decir verdad, todo sucedió de la manera más inesperada. Daba vueltas y revueltas en la cama, intentando serenarse, cuando, presa del tedio, dirigió la mano a un frutero cercano y agarró una manzana. Estaba a punto de morderla cuando, de repente, su mirada se detuvo en la superficie redondeada y, entonces, de la manera más inesperada, le pareció percibir sobre ella la cara de Jezreel. Fue sólo un instante, pero la impresión resultó tan acusada que parpadeó asustada. Cuando volvió a abrir los ojos, ante ella sólo apareció una fruta muda, pero Jezreel, Lo–ammí y Lo-ruhama habían entrado en su corazón causándole no menos dolor que si en el calzado se le hubieran introducido tres piedras que se le clavaran al caminar. Necesitó varias horas y una ración ininterrumpida de lágrimas para ir expulsando aquellos recuerdos. Pero no pasó por alto lo sucedido. Tres días antes del plazo convenido con su amiga, decidió retornar a sus ocupaciones convencida de que, como mínimo, se distraería. Se equivocó.

De repente, se apoderó de ella un miedo, casi pavor, a la posibilidad de quedar encinta y, para remate, cuando debía ocuparse de sus clientes, se quedaba distraída sin escucharlos ni atenderlos. En más de una ocasión sólo salió de su estupor al oír que la gritaban «¿Te has vuelto, idiota?» o «¿No te creerás que te pago para esto, verdad?» o «He dado mucho dinero por ti, vaca holgazana». Gomer parecía emerger entonces de un sueño profundo y pedía disculpas intentando entregarse a su tarea, pero, por regla general, el hombre no quedaba satisfecho y se quejaba a Sara. Así pasó, primero, un mes y luego dos y tres y, finalmente, Sara decidió que debía hablar seriamente con su amiga y socia.

Aquella mañana, esperó a ver salir al primer cliente de la habitación que utilizaba Gomer e, inmediatamente, se dirigió a ella.

Estaba aún sumida en la penumbra cuando entró y no pudo evitar dar un paso hacia atrás empujada por el olor acre de la estancia. Sí, no podía dudarse de que dos personas habían estado fornicando en aquel lugar, pero además al aroma de la cópula se sumaba el del calor de una dependencia cerrada y el del sudor de dos cuerpos. Contempló las sábanas revueltas y empapadas, pero Gomer no se encontraba tendida en ellas. Buscó con la mirada y la encontró en un rincón donde se lavaba con una jofaina. Apenas había comenzado la mañana y se la veía cansada, desmadejada, exhausta, como si se hubiera estado entregando a los clientes de manera ininterrumpida desde el día anterior.

Vista desnuda, como se encontraba ahora, no podía negarse que se trataba de una mujer muy hermosa ni que sus formas, sin ser las de una jovencita, conservaban una lozanía deseable, pero, a la vez, había en ella algo que repelía. No hubiera podido indicar Sara el qué exactamente, pero algo invitaba a no acercarse a su amiga.

—¿Molesto? —preguntó con el tono de voz más amable que pudo.

Gomer levantó la mirada de la jofaina con cuya agua se estaba lavando y vio a su amiga.

—No, por supuesto. Entra. ¿Qué se te ofrece?

—Quería charlar contigo.

Gomer enarcó las cejas en un gesto de extrañeza. Luego apartó la palangana, echó mano de una toalla de lino con la que se secó las partes húmedas de su cuerpo y se incorporó.

—Sí, claro —dijo—, pero si no te molesta voy a hacer que entre un poco el aire.

Abrió Gomer la celosía y junto con la luz del día penetró una bocanada de brisa que Sara agradeció desde lo más profundo de su corazón. La verdad era que la atmósfera de aquella alcoba le estaba comenzando a producir náuseas.

—Pues tú me dirás… —señaló Gomer con un tono de voz que pretendía invitar, pero que sonó cansino y derrotado.

Había llegado el momento de la verdad. Bueno, a fin de cuentas, era a eso a lo que había venido. Sara inspiró hondo, como si el aire que penetraba por la ventana abierta pudiera darle fuerzas, pero percibió que seguían faltándole.

—No tendrás algo de beber…

—Sí, por supuesto —respondió Gomer—. Ahí en el rincón hay un jarro con vino y algunas copas. Debe de estar casi lleno, porque yo no bebo y este hombre tenía demasiada prisa como para entretenerse.

Cruzó Sara la distancia que le separaba de la bebida y echando mano del búcaro y de una copa se sirvió un trago generoso que, inmediatamente, se llevó a los labios. Sí, ahora se sentía algo mejor. Al menos, lo suficiente como para empezar a hablar.

—Mira, Gomer —dijo—, yo no pretendo que abortar sea algo fácil. Lo sé de sobra, pero la vida, la vida ¿entiendes?, sigue.

Sigue porque tiene que seguir. Y tú parece que te has quedado parada.

Gomer bajó la cabeza al escuchar aquellas palabras, pero no abrió los labios.

—Eres muy hermosa —continuó con tono lastimero Sara— y sigue habiendo hombres que están dispuestos a pagar buena plata por acostarse contigo, pero… pero cada vez son menos, Gomer. Son menos y la culpa es tuya. Porque si perdieras clientes porque te has hecho vieja o porque estás llena de arrugas o porque te has puesto gorda como una vaca yo podría entenderlo. Este oficio es así y no se cotiza igual una mujer joven y lozana que una vieja. Pero es que no es ese el problema. Aquí la cuestión es que tú no has perdido la belleza, sino la responsabilidad. Sí, la responsabilidad, y no me mires así. Tú antes te entregabas a tu trabajo, todos lo sabían y los hombres se peleaban por tenerte. Ahora… bueno, ahora qué te voy a contar… prefieren esperar a que acabe la fenicia para irse con ella antes que estar contigo.

Gomer miró fijamente a su amiga, pero siguió sin decirle nada. Ciertamente, la estaba escuchando, pero, a pesar de que se dirigía a ella, tenía la sensación de que hablaba alguien extraño de algo que le resultaba distante.

—Mira… me cuesta decírtelo… de verdad que sí, porque nos hemos llevado siempre muy bien y hemos hecho mucho dinero juntas, pero esto no puede seguir así.

—¿Qué quieres decir? —habló por fin Gomer.

Sara bajó la mirada y tendió de nuevo la mano al búcaro de plata para servirse más vino. Últimamente, preocupada por la marcha del negocio, estaba bebiendo más de lo habitual.

—Quiero decir —respondió tras apurar la copa casi por completo— que si esto no cambia, y cambia pronto, tendremos que separarnos.

Por primera vez desde que había dado inicio la conversación, Gomer sintió un pujo de alarma en su interior. ¿Había oído bien? ¿Le estaba diciendo su amiga que no seguirían juntas en el negocio?

—No sé si te entiendo...

—Para que me entiendas, Gomer —la cortó contundente Sara—, este trabajo es mi futuro y no me puedo permitir que se arruine.

—¿Que se arruine? —exclamó Gomer sorprendida—. Pero si viene un montón de hombres... y... y además tu cuentas con Rubén.

—No, Gomer —volvió a interrumpirla Sara—. Ni lo uno ni lo otro. Los que vienen al local ya no te buscan y por lo que se refiere a Rubén... está teniendo problemas con sus hijos y, bueno, que tendré que arreglármelas prácticamente sola.

—Siento de verdad lo tuyo, pero...

—Si sientes lo mío, lo mejor que puedes hacer es cambiar. Te voy a hablar con mucha sinceridad. Si en el plazo de un mes no vuelves a ser la de siempre, tendremos que partir el negocio y cada una se buscará la vida como mejor sepa.

Quizá en otro momento, en otra ocasión, en otras circunstancias, Gomer hubiera discutido con su amiga o se hubiera indignado o siquiera hubiera pensado en la mejor manera de sacar el partido más conveniente a la situación. Ahora, sin embargo, se limitó a asentir con la cabeza y a decir:

—Sea como tú quieras.

Y así la sociedad que durante un buen tiempo había proporcionado abundante plata a las dos mujeres, una plata que había desaparecido en costosos perfumes, en delicadas vestiduras, en primorosas sandalias y en aderezos lujosos, se disolvió cinco semanas después, las cuatro del plazo dado por Sara y la quinta imprescindible para llevar a cabo el inventario y repartir.

Hubiera deseado Gomer llevarse consigo a alguna de las prostitutas de segunda categoría para continuar con el negocio en calidad de dueña, pero todas ellas eran conocedoras de cómo se había comportado durante los últimos meses y ninguna estuvo dispuesta a acompañarla. No es que no sintieran compasión por la mujer, pero su compasión no llegaba hasta el extremo de asumir un futuro de miseria. Con Sara se sentían resguardadas de los golpes y del hambre, a la vez que eran pagadas razonablemente bien, y Gomer no les podía garantizar nada de aquello.

Y así Gomer partió con una esclava y con lo que había acumulado en aquellos tiempos dispuesta a seguir enfrentándose a la tarea de vivir. No tardó en percatarse de que ésta podía resultar mucho más dura de lo que había pasado hasta entonces. Mientras había estado con sus padres, no había tenido que tomar decisiones ni tampoco que reparar en su sustento cotidiano. Algo semejante era lo que había vivido con Oseas. Por supuesto, había tenido que atender a un esposo y a unos hijos, pero eso no significaba que se viera obligada a tomar decisiones, ni mucho menos a pensar en el futuro haciendo cuentas innumerables sobre la base de lo que tenía. Por lo que se refería al tiempo pasado con Sara, había sido el más tranquilo de todos. No había tenido obligación alguna salvo la de ganar —y gastar— cada vez más dinero aprovechando las debilidades de los hombres. Ahora descubrió que, aparte de la soledad y del sentimiento de malestar que no la abandonaban, apenas a lo largo del día, debía agarrar con mano firme el timón para navegar en medio de las aguas de la vida.

Lo primero que perdió fue a la esclava. No dejaba de quejarse por la manera en que había empeorado su fortuna y remoloneaba siempre que podía para no cumplir con sus tareas. Gomer decidió deshacerse de semejante incordio con la esperanza de que, muy pronto, podría comprar una más dócil y laboriosa. Quizá lo hubiera conseguido si su trabajo le hubiera marchado bien. No fue el caso.

Aquellos que habían formado siempre el núcleo de sus clientes la encontraban ahora triste y cansina. Sí, era cierto que su apariencia era atractiva, pero una prostituta —sobre todo si desea cobrar algo más que una simple buscona— no es sólo fachada. Debe saber engatusar a los hombres, entretenerlos, darles la sensación de que están recibiendo mucho más de lo que pagan, sobre todo si pagan una cantidad elevada. Gomer había tenido esa cualidad para la prostitución, pero se le había ido de la misma manera que el agua se escurre a través de los dedos. En apenas unas semanas, corrió la voz de que, más allá del rostro hermoso, Gomer no pasaba de ser un cuerpo frío e inerte, de manos semiparalíticas y movimientos aburridos, por el que no podía ofrecerse razonablemente más de lo que se habría dado a cualquiera de las pupilas de un mesón de camino.

Gomer intentó resistirse a la bajada de tarifa que pretendían sus clientes, pero cuando se vio obligada a ir vendiendo poco a poco el ajuar de joyas, perfumes y ropas que había ido reuniendo en la época en que había estado asociada con Sara, comprendió que no tendría otro remedio que adaptarse a las circunstancias. Lamentablemente, descubrió enseguida que amoldarse a los nuevos tiempos iba a resultar muy amargo. Pronto se enteró de que las rameras que ejercían sus funciones anunciándose en la calle no veían con buenos ojos la presencia de una competidora que aún conservaba su hermosura y de que estaban dispuestas a defender lo que consideraban su territorio, literalmente, con uñas y dientes. Y eso no era lo peor. Aquellas mujeres con el alma encallecida por los golpes que la vida había descargado desde hacía años sobre ellas no dudaban en buscar la protección de algún canalla que les robaba el producto de su trabajo, pero que, a cambio, les aseguraba que nadie las golpearía o intentaría hundirles un cuchillo entre las costillas.

Descubrió Gomer la existencia de este tipo de sujetos una noche en que se puso a discutir por una esquina con una prostituta siria. Le dolían los pies, no había conseguido un solo cliente desde la puesta del sol y tenía verdaderas ansias de dar con alguno que la invitara a un simple tazón de sopa para que pudiera irse a dormir con el estómago caliente. Lo encontró cuando estaba a punto de romper a llorar de rabia. Se trataba de un viejo maloliente que acababa de vender un par de cabras y que despedía el mismo hedor que la mercancía de la que acababa de desprenderse. Venciendo el asco, Gomer se le acercó ofreciéndose. Apenas discutieron el precio, en parte porque sabía que no podría sacar más de aquel hombre y en parte porque ya estaba demasiado cansada de no trabajar en todo el día. Había pasado ya el brazo por el del anciano cabrero, cuando una ramera de dientes cariados y cara pintarrajeada se les acercó dando zancadas:

—Esa esquina mía. ¿Tú me oyes? Mía. Deja viejo. Mío.

Gomer torció el gesto y aparentó no haber visto a la mujer. Sin embargo, la añosa ramera no estaba dispuesta a rendirse. Se colocó a la altura de Gomer y le propinó un tirón al viejo que abrió los ojos aterrado.

—Este conmi viene —dijo muy decidida la prostituta a la vez que dejaba escapar por entre los dientes cariados una vaharada a suciedad y vinazo.

Lo que vino a continuación sucedió con tanta rapidez que Gomer tuvo luego dificultad para reconstruir el orden. Sí recordaba que había propinado un empujón a la siria y que ésta, trastabillando hacia atrás, había terminado por caer al suelo sobre sus posaderas. En esa desairada postura, había comenzado a gritar algo que, al principio, no distinguió, pero que, muy posiblemente, era el nombre de su protector, porque, como salido de las profundidades del Sheol, había hecho acto de presencia un sujeto malencarado que dirigía la mirada en todas direcciones. Guardaría Gomer un recuerdo vago de su aspecto. Era, desde luego, alto y muy delgado y con una cicatriz fea y rojiza que le cruzaba el lado izquierdo del mentón, pero no llegó a distinguir mucho más antes de que llegara a su altura y levantara la diestra para, cruzada, descargarle un bofetón. Sintió Gomer aquel impacto sobre su nariz y su boca y luego cómo sus huesos se estrellaban contra el suelo.

—¡Corta cara! ¡Corta cara! —escuchó que gritaba la siria.

Por un momento, el hombre que acababa de golpearla pareció dudar, pero la prostituta, que había conseguido ponerse en pie, estaba decidida a librarse de aquella rival que ahora no podía defenderse.

—¡Corta cara, idiota! ¡Haz! ¡Te digo!

Y entonces Gomer vio que el hombre se llevaba la mano a la faja rojiza que le ceñía los lomos y sacaba una daga curva. La misma que empuñaba cuando comenzó a caminar hacia ella.

GOMER

No pensó Gomer en oponer resistencia. En otro momento, en otro lugar, sin duda, en su interior se hubieran activado los típicos mecanismos del instinto de conservación empujándola a la defensa o, al menos, a la huida. Pero en esos instantes no movió un dedo para detener al hombre que se le acercaba. Algo en lo más hondo de su ser le dijo que, con un poco de suerte, la mataría y, de esa forma, la liberaría de llevar aquella miserable vida de perros que arrastraba desde hacía tanto tiempo. Con gesto más resignado que temeroso, Gomer cerró los ojos y esperó a que el hombre arremetiera contra ella.

Con enorme claridad, escuchó unos pasos que se dirigían hacia donde yacía y luego otros pasos que no reconoció y, finalmente, con extraordinaria celeridad, un par de golpes como trallazos y el impacto de algo que chocaba contra el suelo. Fue en ese momento cuando, superada su desesperación por la curiosidad, abrió los párpados. Sin embargo, no llegó a entender lo que se ofrecía ante su mirada. El hombre de la cicatriz estaba tumbado en el suelo todo lo largo que era y a su lado, de pie y con las manos tapando la boca en un gesto de horror, se encontraba la prostituta siria. A lo lejos, el viejo, objeto de la disputa, corría con todas las fuerzas que podía imprimir a sus piernas flacas alejándose de un lugar innegablemente peligroso.

—Llévate a este saco de estiércol antes de que lo mate.

Gomer miró en la dirección de la que procedía la voz y distinguió a un hombre al que no había visto con anterioridad. No era muy alto, pero sus espaldas sí resultaban muy anchas y tenía el aspecto de ser muy fuerte, casi como si evocara a un toro. A decir verdad, incluso se hubiera podido decir que se hallaba en el límite a partir del cual la corpulencia se convierte en gordura. Inesperadamente, el hombre giró sobre sus talones y se volvió hacia Gomer. Sonreía, pero en el gesto de amabilidad Gomer no pudo evitar percibir un punto canalla que —debía reconocerlo— resultaba atractivo.

—Ese majadero y su pupila no volverán a molestarte —dijo a la vez que tendía la mano a Gomer para ayudarla a incorporarse.

Se asió la prostituta de la diestra del sujeto y notó inmediatamente una mano poderosa, pero, a la vez, suave. Si aquel hombre se ganaba la vida con algo no era, desde luego, con las duras labores del campo.

—Me llamó Shlomo —dijo, sin dejar de sonreír, cuando la mujer estuvo ya a su altura.

—Yo Gomer.

—¿Gomer? Suena bien. Sí, suena bien.

Dejó que transcurriera una pausa y añadió:

—¿Quién es tu protector?

Gomer experimentó una sensación de zozobra al escuchar la pregunta.

—No... no...

—Entiendo —dijo cortando Shlomo—. Pero ya habrás visto que esta... mujer sí lo tenía.

Gomer asintió con la cabeza.

—Imagino que tendrás hambre —dijo el hombre—. Sí, no das la sensación de haberte hartado a comer últimamente. Te invito a cenar.

Recalaron en un mesón cercano donde solían aliviar sus estómagos vacíos prostitutas baratas, comerciantes sudados, soldados hartos de guardias y gente sin beneficio ni ocupación. Shlomo desplazó con un solo gesto del mentón a tres bultos que estaban sentados en torno a una mesa y, extendiendo la mano, invitó a Gomer a descansar sus doloridos huesos. Luego él mismo se desciñó la espada, la colocó con gesto despreocupado sobre la mesa y dio una palmada para llamar al mesonero.

—Tráenos —ordenó con autoridad— un jarro de vino y algo de carne. ¿Tienes cordero?

El mesonero asintió con un gruñido.

—Pues un plato de cordero para los dos y pan, pan en abundancia.

Mientras el dueño del establecimiento se retiraba, Shlomo procedió a sentarse y dejó escapar un resoplido de alivio apenas sus posaderas dieron con el banco.

—¿Llevas aquí mucho tiempo? —preguntó a Gomer.

—Toda la vida —respondió la mujer con un tono de voz que lo mismo podía llevar a interpretar de manera literal la respuesta que a entenderla como que había llegado unas horas antes y ya estaba harta.

—Ya… —dijo Shlomo y guardó silencio hasta que el mesonero depositó sobre la mesa lo que le habían pedido.

—¡Anda! ¡Come! —la conminó el hombre.

En otro tiempo, en otro lugar, Gomer hubiera contemplado todo aquello con asco. Le habría repugnado la suciedad grasienta de la mesa, y el humo asfixiante que llenaba el oscuro cuarto y el hedor acre que despedían los otros comensales. Se hubiera apartado con desagrado de aquella fuente de piezas de cordero llevadas por una mano llena de uñas sucias y ni siquiera hubiera puesto un dedo sobre el plato de pan mal cocido. Pero los cambios en su vida habían alterado también sus costumbres. Con gesto decidido, echó mano de un pedazo de carne y se lo llevó a la boca.

Llevaba un buen rato dando dentelladas, cuando reparó en que Shlomo no comía.

—¿No tienes hambre? —preguntó Gomer sorprendida y con la boca llena.

—No. La verdad es que no —respondió el hombre a la vez que se llenaba una copa de vino.

Gomer bajó la mirada y siguió mordiendo la tajada hasta concluirla. Luego estiró la mano y se apoderó de un segundo trozo. Fue cuando devoraba el tercero y su ansia se apaciguaba, cuando comenzó a interrogarse sobre el sujeto que la había invitado a cenar.

—¿Por qué lo hiciste?

—No pensarías que el amigo de aquella prostituta se cayó solo al suelo —dijo el hombre.

—Gracias —musitó Gomer.

—No tienes por qué darlas, pero tengo que serte sincero. Si no te buscas un protector, el día menos pensado aparecerás muerta en la calle con las tripas fuera.

—Ya —dijo la prostituta, que entendía a la perfección el rumbo que llevaban aquellas palabras—. Y tú quieres ser ese protector.

Los labios de Shlomo se descorrieron en una sonrisa divertida, agradable, sí, pero, a la vez, descarnada y desprovista de recato.

—Pues no lo necesito —dijo Gomer, que no estaba dispuesta a que aquel hombre se apoderara de una parte de sus ingresos menos que escasos.

—Porque sabes defenderte sola —ironizó Shlomo.

—Siempre lo he hecho —intentó zanjar la conversación.

Shlomo siguió sonriendo sin decir una sola palabra, pero sus ojos gritaban a voces: «Sí, como hace un rato».

Continuó comiendo en silencio Gomer hasta que sólo quedó un pedacito de carne en la fuente.

—No puedo más —dijo a la vez que se llevaba la diestra a la boca del estómago para señalar que se encontraba ahíta.

—Bien —asintió Shlomo a la vez que echaba mano de la espada, se ponía en pie y se ceñía el arma—. Te acompaño a tu casa.

De modo que pensaba ahora cobrarse la cena, se dijo Gomer. Sí. A fin de cuenta, todos los hombres eran iguales sobre poco más o menos.

—No hace falta —respondió Gomer poniéndose en pie.

—Es sólo como escolta —señaló Shlomo—. No pretendo otra cosa.

En silencio abandonaron el oscuro mesón y también en silencio comenzaron a caminar hacia la casa de Gomer. Así, sin abrir la boca, sin pronunciar una sola palabra, sin decirse nada, llegaron hasta el lugar donde la prostituta intentaba hallar unas horas de descanso cada noche.

Llegó a la puerta Gomer, la abrió y se volvió hacia el hombre con la firme resolución de despedirse. No sonreía, sino que ahora toda la fuerza de su expresión se hallaba concentrada en su mirada, una mirada de inquietud controlada, de expectación sostenida, de pregunta no formulada. Finalmente, el hombre abrió los labios y dijo:

—¿No me vas a dejar pasar?

Gomer lo miró. Se había acostado con decenas, con centenares, quizá con millares de hombres de peor apariencia que aquel. No, no era peor que la inmensa mayoría. Y quizá… sí, quizá…

Respiró hondo como si quisiera absorber una fuerza que en esos momentos flotara en el aire y, finalmente, dijo:

—Entra.

GOMER

No se hizo nunca ilusiones sobre aquella relación. Es verdad que no la golpeaba, ni la presionaba para que se moviera más a la busca de clientes, ni tampoco la insultaba. Sin embargo, Shlomo deseaba obtener de ella el máximo rendimiento sin que se dañara a su posesión. De la misma manera que un arriero sabio no habría sobrecargado su asno por miedo a matarlo de agotamiento, Shlomo extraía de Gomer todo, pero quedándose siempre en el punto inmediatamente anterior a sobrepasar la raya del agotamiento o de la enfermedad. No estaba segura, por supuesto, pero, en ocasiones, tenía la sensación de que Shlomo la veía únicamente cómo un campesino podía contemplar su vaca o un labrador, su campo. Procuraba cuidarla, protegerla, ocuparse de que no se encontrara mal, sí, pero, a cambio, se guardaba buena parte del dinero que obtenía comerciando con su cuerpo de la misma manera que el pastor acaba quedándose con la lana y la leche de las ovejas.

Y así, Gomer, ya muy descendida en la escalera de la vida, fue bajando peldaño tras peldaño a medida que comenzaba a ajarse su belleza y que su piel perdía la lozanía que había conservado incluso tras dar a luz. Incluso sus ojos, aquellos ojos sonrientes y hermosos, se vieron privados totalmente de luz. Era como si sobre ellos hubiera sido colocado un velo que extinguiera cualquier atisbo de luminosidad. De manera que resultaba difícil de explicar, Gomer era y no era la misma. Lo era porque seguía respirando su nariz y latiendo su corazón y palpitando sus entrañas, y había dejado de serlo porque apenas alentaba en ella nada de lo bueno, lo puro y lo alegre que antes encontraba albergue en su alma.

Una noche, tras haber sentido sobre sí el peso de una docena de hombres, Gomer se dejó caer en el lecho al lado de Shlomo, que ya roncaba. Se sentía sumida en una nube de cansancio que sólo era inferior a la tristeza pastosa que exudaba por cada poro de la piel. Dio una vuelta y otra y otra más persiguiendo un necesario sueño que, a cada instante, resultaba más esquivo, y en aquella zozobra comenzó a sudar y a sentir cómo se le secaba la garganta y cómo la sed le nacía en el pecho y le subía por la garganta hasta dejarle la boca como un estropajo.

Cansada de su desvelo, Gomer se sentó en el lecho. Se pasó la mano por la frente llena de transpiración y sintió un súbito deseo de calmar la sed.

Encontró un jarro colocado en una esquina del cuarto que daba a la puerta de salida del chamizo. Se acercó con paso apresurado, lo alzó y se lo llevó a los labios. Fue entonces cuando se percató de que, lejos de estar lleno de agua fresca, estaba mediado de vino. No había adquirido la mujer costumbre de beber ni siquiera cuando los caldos que se le habían ofrecido al paladar habían sido los delicados que se utilizaban en la casa de Sara. A decir verdad, desde aquella noche en que el licor había inclinado su voluntad en una fiesta que ahora le parecía tan irreal como lejana, rara vez había pasado por su garganta bebida embriagante alguna. Por eso, estuvo tentada de apartar el líquido de su boca y buscar agua en otro sitio. Pero aquel pujo apenas le duró un instante. Por cansancio, por sed, por cualquier causa, comenzó a tragar aquel vinazo como si en ello le fuera la vida.

Apuró el jarro y sintió, de la manera más inesperada, una sensación de calma y sosiego. Fue como si todo el agobio asfixiante que se le había ido acumulando a lo largo del día se disolviera y, en lugar suyo, hiciera acto de presencia una somnolencia agradable y reparadora. Trastabillando, regresó al lecho donde se dejó caer para quedar sumida de manera inmediata en el sueño.

Se despertó al día siguiente con los huesos pesados y la frente como si fuera de bronce, pero, a la vez, se dijo que hacía mucho que no conseguía conciliar el sueño de manera tan fácil y casi, casi grata. Aquella misma noche, volvió a repetir la experiencia y pensó que el vino, a fin de cuentas, podía ser el remedio que necesitaba desesperadamente para que sus noches no transcurrieran de claro en claro.

Gomer, sin embargo, no consiguió dominar aquel líquido rojizo que la conducía, como si de un brujo experimentado se tratara, hacia un descanso en el que habría deseado quedar sumida para siempre. Por el contrario, no tardó en llegar a la conclusión de que lo necesitaba más de lo que hubiera podido pensar. Y así, en apenas unos días, lo que había sido un consuelo nocturno, pasó a transformarse en una droga dulce y compasiva que necesitaba consumir casi a cada momento.

Como nunca hubiera podido imaginarlo, Gomer comenzaba a beber apenas abría los ojos por la mañana y luego proseguía a lo largo del día hasta concluir con un jarro consumido ya al borde del lecho. Apenas comía ya y comenzó a adelgazar y su piel adquirió un color cerúleo y su nariz adoptó un color morado y su mirada se convirtió en vidriosa a la vez que ella se sentía si no libre, si anestesiada cada vez que vendía su cuerpo a los hombres. Los que ahora yacían con ella eran ya sujetos sucios y hediondos que sólo podían permitirse el mísero dispendio de las rameras más baratas y envejecidas.

Shlomo asistió con creciente inquietud al acelerado embrutecimiento de Gomer. No la amaba, por supuesto. Ni siquiera hubiera podido decirse que experimentara por ella algo que se pareciera ni de lejos a la compasión. Pero se percataba de que cada vez ganaba menos con aquel despojo humano y de que podía emplear las fuerzas que le quedaban en encontrar una prostituta que le diera no sólo más placer, sino también más dinero.

No intentó razonar con ella —¿para qué? ¿hubiera podido entenderlo sumergida de manera perpetua en los vapores del vino?—, sólo se molestó en pensar en la mejor manera de librarse de su presencia y, de paso, obtener algún beneficio. Fue así cómo llegó a la conclusión de que lo mejor que podía hacer era venderla.

Por supuesto, Shlomo sabía que aquella mujer no era suya ni era una esclava ni tenía derecho alguno de propiedad sobre ella, pero ¿quién iba a reclamar a alguien como Gomer? Aún más. ¿Quién iba a lamentar su desaparición en las sentinas opacas de algún burdel de ínfima estofa?

No le costó mucho forjar un plan. Le dijo que la llevaría a ver el mar y se aprovisionó de vino suficiente como para que pudiera realizar aquel viaje ahíta de alcohol y, por lo tanto, tranquila. Luego la montó a horcajadas en un asno y se encaminó hacia la costa.

El trayecto resultó llevadero. Gomer andaba sumida en un sopor especial y el traqueteo regular del cansino jumento tan sólo la transportaba hacia un lugar cercano a la inconsciencia y el sueño. Salvo por algunas paradas obligadas y por el hecho de que, ocasionalmente, abría los ojos para buscar el vino, la mujer apenas se dio cuenta de cómo se llevaba a cabo el viaje.

Llegaron así hasta uno de los puertos de la costa, al sur del país de los fenicios y Shlomo comenzó a buscar un lugar donde poder descargarse de aquella mujer que, tiempo atrás, le había parecido atractiva y ahora sólo le resultaba una borracha molesta que no alcanzaba siquiera a cubrir el valor modesto de lo que bebía. No le resultó difícil dar con un sitio como el que buscaba porque, como en todos los lugares ribereños a los que llegan marineros, abundaban los tugurios sórdidos en que se daban cita el vino aguado, el juego sin garantías y las rameras baratas. Rechazó un par de ellos en la triste convicción de que con las mozas que ya tenían no se plantearían aceptar a Gomer como a una pupila más. Pero en el tercero, un lugar oscuro que despedía una espesa fetidez a sudor y suciedad, se dijo que podría sacar algo por aquella mujer.

El dueño del inmundo antro, un fenicio de barba revuelta y ojos pequeños y casi oblicuos, intentó fingir un total desinterés mientras despachaba una jarra de vino malo. A lo sumo, le dijo, podría darle una moneda de plata, y no porque la mujer lo valiera sino porque le daba lástima verla en el estado en que se encontraba y, dado que ya no iba a vivir mucho, su compasivo corazón le impulsaba a recogerla. A punto estuvo Shlomo, que no creyó una sola palabra, de levantarse y marcharse malhumorado en busca de otro lugar, pero, al fin y a la postre, el extranjero le retuvo ofreciéndole un par de monedas de cobre añadidas. Regatearon un buen rato y, al final, se pusieron de acuerdo en tres monedas de plata.

Las recogió en el cuenco de la mano Shlomo, echó un último vistazo a Gomer, que se encontraba sentada en una mesa bebiendo una jarra de vino, y se dirigió hacia la puerta para escaparse cuanto antes de aquel ambiente enrarecido.

La prostituta se percató de que Shlomo se marchaba cuando ya casi todo su cuerpo había cruzado el umbral. En un primer momento, no supo lo que sucedía, pero luego, rápida como el rayo, la sospecha de algo indeterminado y terrible le surcó el cuerpo y la colocó sobre sus pies.

—¡Shlomo! ¡Shlomo! —gritó mientras se dirigía hacia la puerta, pero no llegó a salir a la calle.

Sonriente y descarado, el fenicio se interpuso en su camino.

—Tú no vas a ningún sitio —le dijo con una sonrisa pegajosa balanceándose de sus cortados labios.

—¿Que yo no…? —no concluyó Gomer la frase, porque, con gesto de decisión, agarró el brazo izquierdo del fenicio e intentó apartarlo de su camino.

No lo consiguió. El hombre sujetó con la diestra la mano de Gomer y la levantó como si se tratara de una ramita.

—¡Suéltame! ¡Suéltame, perro! —gritó Gomer— Shlomo te va a…

Las palabras quedaron interrumpidas por un bofetón que se estrelló contra el rostro de Gomer resonando como un trallazo. A buen seguro habría caído la mujer contra el suelo de no tenerla sujeta el fenicio. Pero éste no se hallaba satisfecho. Volvió a mover ahora la mano en el sentido inverso y, de nuevo, la cara de la ramera recibió un impacto que, ahora sí, desasida del hombre, la estrelló contra el piso de tierra del antro.

—No… no puedes… —apenas acertó a musitar Gomer mientras sentía que la boca se le llenaba de sangre.

—Escúchame, perra —dijo el fenicio a la vez que aferraba la garganta de Gomer con la misma mano que la había abofeteado—. Eres mía. ¿Lo oyes? Mía.

—Yo… yo soy libre… —musitó Gomer mientras tragaba una mezcla espesa de mocos, sangre y saliva.

—Tú eres una esclava —le dijo el fenicio apretándole aún más el cuello—. He pagado por ti un dinero que no vales. Si obedeces, no te faltará el vino, pero si no lo haces… si no lo haces, no dudaré en arrancarte la piel a palos. ¿Has entendido?

Gomer asintió con la cabeza.

—Bien —dijo el fenicio a la vez que retiraba la mano y se erguía—. Pues ahora ve a lavarte un poco. Ya hay hombres que te están esperando.

OSEAS

brió los ojos convencido de que alguien, seguramente uno de los niños, le había sacudido en el hombro. Parpadeó y luego entornó la mirada para intentar distinguir algo en medio de la oscuridad. Sin embargo, no vio a nadie. Se incorporó en el lecho y estiró la mano a izquierda y derecha, buscando a quien hubiera podido despertarlo, pero sólo surcó el vacío. Bueno, daba igual. Dirigió la mirada hacia la ventana y se percató de que la oscuridad era total. A decir verdad, debía faltar todavía mucho para la madrugada. Lo mejor era que volviera a dormirse. Se disponía a hacerlo cuando en su interior resonó una voz no audible, pero mucho más real que la que hubiera podido partir de una garganta humana:

—Ve. Ama a una mujer amada por su compañero, aunque adúltera. Ámala como ama Adonai a los hijos de Israel. Esos que vuelven la mirada a dioses ajenos y aman los frascos de vino.

Oseas dio un respingo y saltó del lecho como impulsado por un resorte. Permaneció en pie por un instante y, de nuevo, volvió a escuchar la voz que le decía:

—Ve. Ama a una mujer amada por su compañero, aunque adúltera. Ámala como ama Adonai a los hijos de Israel. Esos que vuelven la mirada a dioses ajenos y aman los frascos de vino.

—Pero... pero... —apenas acertó a balbucir—. ¿Qué me estás diciendo, Adonai?

—Ve. Ama a una mujer amada por su compañero, aunque adúltera. Ámala como ama Adonai a los hijos de Israel. Esos que vuelven la mirada a dioses ajenos y aman los frascos de vino.

Aquella confirmación por tercera vez provocó un escalofrío en Oseas. Si la primera vez se había sentido sorprendido, si la segunda había quedado estupefacto, ahora experimentó una sensación muy diferente. Fue como si hubieran acercado una tea a un pedazo de retama seca. De repente, de la manera más inesperada, todo ardió en su interior.

¿Qué era lo que le decía Adonai? ¿Que recibiera a Gomer en su hogar? ¿Que volviera a tomarla como esposa? ¿Que fuera en su busca? Pero... pero eso no podía ser... pero ¿cómo iba a pedirle una cosa así?

—No —dijo Oseas, pero esta vez no escuchó una sola palabra.

—No —volvió a repetir, esta vez moviendo la cabeza.

De nuevo sintió sólo el silencio, ese silencio espeso y opresivo que se produce cuando dos interlocutores han llegado a un punto de la conversación en que se observan y olfatean el peligro de seguir hablando.

La respiración de Oseas comenzó a alterarse. De manera lenta, primero, pero luego cada vez más acelerada, su pecho subió y bajó presa de una agitación creciente. Ante sus ojos, de forma incontenible, comenzó a sucederse una cascada de escenas. La primera vez que había visto a Gomer, la noche de bodas en que se había portado tan galantemente, el nacimiento del primer hijo, comidas, caricias, paseos, el local donde vendía su cuerpo, la despedida, la desesperación y, sobre todo, el dolor. Todo cayó sobre él como si se tratara de un aguacero de indescriptible amargura, de insoportable pesar, de indecible dolor. Al final, no pudo seguir conteniéndose. Extendió las manos en un gesto de desesperación y clamó:

—¿Aceptar a Gomer de nuevo? Pero... pero ¿por qué? ¿Por qué?

El silencio fue, de nuevo, la única respuesta.

—Adonai —dijo intentando forzar una negociación que en lo más hondo de su corazón sabía que no podía ganar—, no puedes pedirme una cosa así. Esa... esa mujer habría sido apedreada si tu Torah se respetara en Israel. Quebrantó tus mandamientos. Me dejó a mí. Abandonó a sus hijos. Pero ¿cómo pretendes que la reciba en mi casa? ¿Por qué? Dime, al menos, por qué.

El visillo ligero que tapaba la oblonga ventana se movió levemente. Más que viento se habría dicho que el liviano pedazo de tela había sido levantado levemente por un silbo. Sí, un silbo suave. Oseas frunció el ceño como si aquello despertara algo en su memoria aunque no terminara de captar del todo el qué. Quizá… quizá… No terminó de definir los contornos de su recuerdo. La voz, la misma voz que se había dirigido a él, tan sólo unos momentos antes, le dijo:

—Porque yo la amo. Como a Israel.

Oseas abrió la boca. A decir verdad, la abrió y la cerró por tres veces sin conseguir articular una sola palabra. Intentó mover las manos como si aquel gesto pudiera ayudarle a expresar lo que sentía, pero resultó completamente inútil. Llevaba tantos años viviendo en la cercanía de Dios que era sobradamente consciente de que había perdido, pero también de que, en aquella derrota, ganaba. Al final, bajó los ojos en un gesto de aceptación.

—Está bien. Como tú quieras.

OSEAS

ubiera sido razonable que no lograra pegar ojo en el resto de la noche. Lo cierto, sin embargo, es que, tras expresar su aceptación, había vuelto a tenderse en el lecho y entonces un sopor suave se había apoderado de él. Durmió como no había conseguido hacerlo desde que había conocido la infidelidad de Gomer y, cuando se despertó su cuerpo, su alma y su espíritu estaban dulcemente relajados.

Siguió reflexionando en lo sucedido la noche anterior mientras, en silencio, preparaba el frugal desayuno de sus hijos. Jamás, a lo largo de toda su vida, se había imaginado el tiempo que tendría que dedicar a aquellas criaturas. Siempre había pensado que la atención que requerían —lavarlos, vestirlos, alimentarlos, atenderlos…— quedaría en manos de su esposa, mientras que él se reservaría irles abriendo los profundos caminos de la Torah. La marcha de Gomer había tenido, entre otras consecuencias, la de cambiar total y radicalmente aquella visión. Con enorme dificultad al principio, pero con una soltura impensable durante los últimos años, Oseas se las había ido arreglando para adaptar su horario de trabajo a aquellas numerosísimas vicisitudes. Claro que también había que reconocer que las pobres criaturas habían puesto todo de su parte para colaborar siguiendo dócilmente sus mandatos. No ensuciar equivalía a la mitad de tener todo limpio. No desordenar era casi como mantener todo en su sitio. No comportarse alocadamente casi equivalía a ir de la manera adecuada. Sí, también ellos habían contribuido a mantener todo como era debido. Vaya si lo habían hecho, se dijo mientras echaba mano de los alimentos para la colación.

En lo que disponía el pan y la leche, Oseas comenzó a discurrir sobre la mejor manera de encontrar a Gomer. Hacía mucho que no sabía de ella. ¿Seguiría trabajando con Sara? Sí, eso era lo más seguro. En cualquier caso, lo más posible es que su amiga supiera dónde encontrarla en el caso de que hubiera decidido establecerse por su cuenta.

La sensación de malestar profundo que se apoderó de Oseas al divisar el prostíbulo disfrazado de tienda de especias y perfumes estuvo a punto de llevarle a desistir de su tarea. Como si en su pecho llevara un frasco lleno de dolor que ahora se hubiera roto esparciendo por todo su ser el contenido, se sintió invadido por un pesar casi paralizador. De buena gana hubiera dado media vuelta y corrido a su casa para refugiarse en lo más recóndito de su alcoba y romper a llorar. Pero no lo hizo. Respiró hondo, elevó los ojos al cielo en una súplica sin palabras y apretó el paso.

Percibió la delicada mezcla de aromas antes de llegar a la puerta, pero ni esa grata sensación ni la frescura del interior le proporcionaron el menor placer. Si acaso, agudizaron el malestar que le atenazaba el corazón.

Esperó un instante a que sus ojos se acostumbraran a la suave penumbra de la tienda y recorrió con la mirada la estancia para intentar divisar a Gomer. Dos mujeres, una casi negra, la otra de piel acusadamente blanca y pelo rojizo, charlaban con unos clientes. Ninguna de ellas era Sara. No estaba dispuesto a esperar a que apareciera. En un par de zancadas cubrió la distancia que le separaba de la mujer de piel oscura y le dijo:

—¿Dónde está Gomer?

La prostituta apartó la mirada del hombre al que estaba atendiendo y la posó sobre Oseas. Lo evaluó en un instante como un posible cliente, luego lo sonrió y dijo:

—No conozco a ninguna Gomer, encanto.

Oseas se dijo que quizá su antigua esposa había decidido cambiar de nombre. Daba igual.

—Bien. ¿Y la dueña?

—Sara. Ésa se llama Sara. Está en la trastienda. ¿Para qué quieres verla?

—Para algo muy urgente —respondió Oseas— y no puedo esperar.

La ramera frunció el ceño en un gesto a mitad de camino entre la curiosidad y la diversión. Se volvió hacia el hombre con el que estaba hablando y, levantando el índice, le dijo:

—Tú no te me escapes, amor. Vuelvo enseguida.

El cliente lanzó sobre Oseas una mirada de fastidio mientras la prostituta se dirigía hacia la puerta que comunicaba con la trastienda. No pasó mucho antes de que se dibujara a contraluz la silueta de Sara. La mujer se dirigió al lugar donde estaba Oseas y le dijo de manera protocolaria, pero amable:

—¿En qué puedo servirte?

Pero apenas hubo pronunciado la frase, identificó al marido de Gomer. Se contrajeron las facciones de su rostro, que fue presa de una profunda lividez. Intentó apartarse, pero la mano de Oseas la agarró de la muñeca con un gesto rápido e imposible de eludir.

—¿Dónde está Gomer?

Pronunció Oseas la pregunta con un tono calmado, casi suave, pero cargado de la fuerza suficiente como para indicar que no se daría por vencido si no le respondía.

—No… no está aquí —respondió Sara a la vez que bajaba la mirada— Se… se fue. Hace tiempo.

—¿Adónde? —preguntó Oseas.

—Oye, ¿por qué no dejas a esta señora?

Oseas se volvió hacia el cliente, pero no dijo una sola palabra. Tampoco era necesario. Bastaba contemplar sus ojos para darse cuenta de que nada ni nadie lo iban a separar de aquella mujer.

—Quizá sería mejor que habláramos en otro lugar —dijo Sara, deseosa de evitar una situación tensa que pudiera perjudicar a su negocio.

Oseas salió de la tienda en pos de Sara. Rodearon así el edificio hasta dar con una tapia blanca sobre la que sobresalían los verdes y retorcidos pámpanos de una viña cuidadosamente cultivada. La mujer se detuvo ante una puertecilla de madera labrada que empujó a la vez que se volvía hacia Oseas.

—Entra. Aquí podremos hablar con tranquilidad.

En otro momento, en otras circunstancias, Oseas se habría negado a aceptar la invitación de la mujer. Ahora, sin embargo, no tenía alternativa alguna. Respiró hondo, casi como si buscara absorber alguna fuerza que flotara en el aire, y cruzó el umbral.

La puerta daba a un huerto pequeño y agradable. En otro momento, Oseas se hubiera detenido a observar la disposición de los árboles y los juegos de suaves sombras, pero en aquellos momentos sólo tenía ojos y oídos para lo que Sara pudiera comunicarle.

—Toma asiento —le dijo Sara indicando un poyo de piedra—. ¿Quieres beber algo? Tengo un vino muy bueno del Líbano que...

—Un poco de agua —cortó Oseas, que deseaba entrar en materia cuanto antes.

Sara asintió con la cabeza y dio una palmada. En un instante, apareció una mujer baja y obesa que tenía todo el aspecto de ser una sirvienta.

—Trae un jarro del vino ese que me han traído hace poco y que me gusta tanto y también una jarra de agua bien fría. Rápido.

Apenas tardó en reaparecer la criada llevando en una bandeja lo que le había ordenado su dueña. Depositó la bandeja en una esquina del poyo y, con la seguridad del movimiento repetido miles de veces, aproximó una mesita. Luego volvió a coger la bandeja, ahora con una sola mano, y con la otra fue situando en la mesita un jarro de vino, la jarra de agua, un par de copas, dos servilletas de lino y tres escudillas que albergaban sendas raciones de queso, aceitunas y verdura especiada.

—Puedes retirarte. Ya serviré yo —dijo Sara acompañando sus palabras con un movimiento de la diestra.

—Imagino que tus hijos están bien, ¿verdad? —dijo a la vez que acercaba la mano a la jarra de agua.

—Gracias a Dios, lo están —respondió Oseas.

—De tus suegros es de los que…

—Murieron.

Sara dio un respingo y levantó la mirada de la copa en la que estaba vertiendo el agua.

—No sabía nada.

—Diblaim falleció hace ya unos años. Mi suegra se reunió con sus padres este último invierno.

—No eran tan mayores… —pensó en voz alta Sara.

—No murieron de viejos —dijo Oseas—. A Diblaim lo mataron la vergüenza y la tristeza. A su esposa, la soledad.

—Lo siento —comentó la mujer—. No es que los conociera mucho, pero estas cosas siempre son de lamentar.

Oseas esperó a que Sara hubiera llenado su tazón de agua fría y se lo tendiera para plantearle el motivo de su visita.

—Quiero saber dónde está Gomer.

—Oseas, me gustaría poder ayudarte, pero…

—Pero ¿qué?

—Verás, Gomer dejó de trabajar conmigo.

—¿Hace mucho?

—Déjame ver. Sí. Por lo menos un par de años. A decir verdad, casi tres.

Oseas apretó los labios. Sí, había sido antes de la muerte de sus padres. Quizá por eso no había aparecido en ninguno de los dos funerales. De todas formas, dos, tres años en la vida de una persona normal no era poco tiempo. En la de una prostituta constituía casi una eternidad. O mucho se equivocaba o la tarea de encontrar a su mujer no iba a resultar fácil.

—¿Por qué se fue? —indagó.

Con manos temblorosas, Sara se llevó la copa a los labios y bebió un trago largo y atormentado.

—Se quedó embarazada —dijo al fin sin soltar la copa.

—¿Lleva un niño consigo? —indagó Oseas.

—No… no… —balbució Sara mientras los ojos se le humedecían—. Por eso se marchó…

—¿Quieres decir que perdió al niño?

Sara respiró hondo y expulsó el aire con fuerza, de una manera casi dolorosa.

—Quiero decir que decidió abortar.

Cerró los ojos Oseas, pero se sobrepuso al instante.

—¿Y qué sucedió después del aborto? —dijo con el tono de voz más frío que pudo.

—Lo… lo pasó mal —respondió Sara mientras comenzaba a dar vueltas a la copa que sujetaba entre las manos—. Muy mal. Un aborto nunca es un plato de gusto. Pero hay mujeres que lo asimilan antes. Gomer no lo consiguió. Se quedaba ida, no escuchaba a los clientes… El caso es que la gente empezó a cansarse de ella. En una palabra, no les interesaba. Seguía siendo hermosa, muy hermosa, pero se quejaban de que… bueno, de que estaba en otro lugar.

—Entiendo —la cortó Oseas que sufría con cada palabra de Sara—. ¿Y entonces qué pasó?

—No quiero que me juzgues mal, pero… bueno, yo no me puedo permitir perder dinero. No estoy casada y sólo tengo esto para salir adelante. Sé lo que piensas al respecto, pero de algo hay que vivir. El caso es que le dije que lo mejor que podíamos hacer era separarnos y seguir cada una por su camino.

—¿Tienes alguna idea de lo que le pasó después?

—No le fue bien —respondió Sara—. No se había recuperado y… bueno, el caso es que un día me encontré a una de sus esclavas trabajando para otra mujer. La había vendido porque andaba mal de dinero. Debió de hacer lo mismo con las joyas y los vestidos que tenía. Te juro que intenté buscarla para echarle una mano. De verdad te lo digo, pero me dijeron que andaba liada con un sujeto que se ocupaba de ella.

—¿Sabes cómo se llamaba?

Sara depositó la copa en la mesita y se llevó la diestra al mentón como si pudiera así recordar mejor.

—Déjame ver… Shmuel… no… no era Shmuel. Sh… Shlomo. Sí. ¡Shlomo! Se llamaba así. Shlomo.

—¿Has sabido algo más desde entonces?

—No —respondió Sara a la vez que movía la cabeza en gesto de negación.

—¿Dónde puedo encontrar a Shlomo? —preguntó Oseas a la vez que se ponía en pie.

—No estoy segura. Imagino que cerca del santuario.

—Gracias —dijo Oseas mirando a la mujer.

Cuando estaba a punto de alcanzar la puerta que llevaba a la calle pudo escuchar un sollozo apenas reprimido de Sara.

OSEAS

Sí, se dijo Oseas, bien pensado no resultaba tan extraño que la barriada donde se agrupaba la mayoría de las prostitutas se encontrara en la cercanía del santuario. No eran pocos los israelitas que aprovechaban la visita al templo para luego ir a divertirse con las rameras de las calles adyacentes. Se trataba de una manera bien elocuente de unir dos formas de prostitución y de vincular dos formas de idolatría, la que se entregaba a rendir culto a las imágenes y la que se complacía en la compra de la cópula. A fin de cuentas, aquel pueblo a su madero preguntaba y esperaba que un trozo de palo le respondiera. Era innegable que un espíritu de fornicaciones lo había engañado y que fornicaban debajo de la mirada de aquellas imágenes. Sobre las cabezas de los montes realizaban sacrificios y quemaban incienso sobre los collados, debajo de encinas y de álamos y de olmos que diesen buena sombra. ¿Acaso podía causar sorpresa que las hijas de los israelitas se entregaran a la fornicación y que sus nueras cometieran adulterio? Aquellos hombres no tenían derecho alguno a esperar que Dios castigara a las hijas que se prostituían o a las casadas que engañaban a sus maridos. Ellos mismos no tenían el menor problema a la hora de refocilarse con rameras después de ir al santuario. Llegado el caso, estaban encantados de ofrecer sacrificios en compañía de prostitutas.

—Un pueblo sin entendimiento está condenado a caer —dijo en voz baja Oseas cuando estaba a punto de entrar en una de las recoletas calles a cuyos lados se situaban las prostitutas a la espera de captar clientes.

La visión de las rameras ofreciéndose como trozos de carne en un zoco le produjo una extraña sensación de malestar. Lejos de ser como las muchachas, indudablemente hermosas, del establecimiento de Sara, aquellas mujeres provocaban una sensación semejante a la que deriva de contemplar restos de algo masticado y difícil de definir, pero, en cualquier caso, ya echado a perder. Si Gomer había llegado hasta un estado semejante a aquel en que se encontraban aquellas mujeres, sólo podía atribuirse a que su situación había empeorado de manera deplorable. Apretó los labios Oseas, enjugó una lágrima que había estado a punto de resbalar sobre su mejilla y se acercó a una de las rameras.

Se trataba de una prostituta de cabellos negros y rostro pintarrajeado. Su edad no debía andar muy lejos de la de Gomer, pero resultaba inevitable percibir que trasminaba vejez, y más que vejez, desgaste.

—¿Buscas divertirte un rato? —le preguntó la mujer esgrimiendo una sonrisa fingida.

—Busco a Shlomo —respondió Oseas—. ¿Está por aquí?

La cara de la prostituta se vio deformada por un gesto de fastidio. Estaba aguantando el frío para sacar unas monedas y aquel individuo daba toda la sensación de ser un incordio dispuesto a hacerle perder el tiempo.

—Oye, yo no estoy aquí para dar información... —protestó con voz ronca.

—Sólo quiero saber dónde encontrarlo —dijo Oseas con un tono de voz suave, pero firme.

Torció el morro la prostituta e inclinó la cabeza hacia la izquierda, como señalando algún lugar indefinido.

—Hay una chica a la que protege...

Oseas reprimió un respingo.

—... La encontrarás un par de calles más abajo. Es una morena de buen tipo. Se llama Rut.

Oseas sintió como si una mano gélida hubiera penetrado en su vientre y le retorciera las entrañas. Rut. Rut. RUT.

—Gracias —dijo a la mujer y comenzó a descender la cuesta en busca de la tal Rut.

Tiempo después, Oseas recordaría de manera imborrable cómo, a medida que bajaba, había tenido la sensación de irse hundiendo en medio de un pozo de cieno maloliente. Fue como si algo pegajoso e inmundo, de carácter no físico, sino espiritual, le fuera envolviendo con una suciedad que, desde luego, no podría lavar ni la lejía más potente de los mejores lavaderos.

Se detuvo, como le había indicado la mujer, un par de calles más abajo. Una prostituta vestida con un atavío negro que acentuaba las formas rotundas de su cuerpo estaba apoyada en una esquina. Había colocado la planta del pie derecho contra la pared y, de esa manera, lograba que su rodilla asomara no en exceso, pero sí lo suficiente como para atraer a los clientes.

—¿Dónde puedo encontrar a Rut? —le preguntó Oseas.

—¿Cómo dices?

—Busco a Rut. Trabaja para Shlomo.

—Ah, sí. Ya sé a quién te refieres. Mira, Rut es una chica de cabello negro. Más bien alta. Delgada. La encontrarás… una, dos, tres… en la quinta casa.

—*Todá rabá* —dijo Oseas invadido por una sensación de inmensa gratitud.

Le costó no apretar el paso mientras se dirigía al lugar que le había indicado la prostituta. Contó los edificios con cuidado, como si en aquella cuenta le fuera la misma vida y se detuvo ante el quinto. Delante de él no había nadie. Sintió entonces un leve pujo de inquietud, pero se tranquilizó diciéndose que la tal Rut estaría con algún cliente y aparecería enseguida.

No se equivocó. Al poco rato, se abrió la puerta de la casita y salió un hombre enjuto ajustándose el cinturón. Detrás de él, a un par de pasos de distancia, apareció una mujer delgada y sí, más alta de lo habitual en las hijas de Israel. No se la veía muy contenta, pero cuando el hombre que iba con ella se volvió para despedirse, forzó una sonrisa y le acarició el mentón.

—No tardes tanto en volver. ¡Hombretón!

Esperó Oseas a que el cliente se alejara unos pasos y se dirigió a la prostituta.

—¿Eres Rut? —preguntó con un mal reprimido nerviosismo.

—Sí, guapo. Soy yo. Te han hablado de mí, ¿verdad? —dijo con una sonrisa encaminada a vender su mercancía.

—Busco a Shlomo —cortó Oseas.

—¿A Shlomo? —preguntó Rut con tono de desilusión.

Oseas asintió con la cabeza.

—Shlomo no vendrá hasta la tarde —respondió la prostituta.

—¿Dónde puedo esperarle?

—Y yo qué sé… —dijo Rut mientras levantaba la mano derecha en gesto de protesta.

—Escucha. Tengo que ver a Shlomo. Es un asunto de vida o muerte. Me quedaré aquí esperando hasta que aparezca.

—¿Qué… qué estás diciendo? ¿Qué quieres? ¿Espantarme a los hombres? Tú… tú…. Oye… ¿no serás un fanático religioso? Te lo advierto. No voy a consentir que me machaques el día. Yo soy una mujer honrada que se gana la vida de una manera honrada. Pero claro como yo estoy en la calle… Pues anda que como hablara yo de muchas casadas… porque la gente está muy equivocada, pero que muy equivocada y…

—Mujer —la interrumpió Oseas— No voy a molestarte, pero me quedaré a esperar a Shlomo hasta que llegue.

Rut abrió la boca, pero no llegó a articular una sola frase. Oseas se había apartado de ella unos pasos y había cerrado los ojos. De hecho, se habría pensado que estaba dormido de no ser porque se mantenía apartado del muro y sin apoyo alguno y además movía levemente los labios.

Oseas permaneció así un buen rato en una conversación con Dios cuyo escenario se situó en lo más profundo de su corazón. Estaba dispuesto a obedecer, a seguir Su mandato, a someterse por completo a Su Voluntad, pero ¿era necesario, era obligado, era indispensable que tuviera que atravesar por aquellos lugares? Desde su juventud, desde su infancia a decir verdad, se había mantenido limpio de todo aquel tipo de conductas. Por supuesto, jamás se había entregado a la idolatría, ni había ofrecido sacrificios en aquellos santuarios de Israel, ni se había inclinado ante una imagen de palo, metal o piedra para pedirle alguna merced. Tampoco había ido con una prostituta ni había conocido a mujer alguna distinta de Gomer. La fornicación —tanto espiritual como corporal— le había parecido siempre un pecado tan repugnante que su misma contemplación le repelía y ahora Él, el Creador de todo lo bueno, le estaba obligando a ver aquel horror y a verlo en unas condiciones que le provocaban no sólo pesar, sino incluso asco. ¿No se podía evitar aquello?

Estuvo descargando su alma ante Dios durante un buen rato, pero no obtuvo respuesta alguna. Ni una señal, ni una voz, ni una palabra. Al final, concluyó su oración y abrió los ojos. Lo hizo justo en el momento en que Rut entraba con un cliente en la casa. Se trataba de un viejecillo orondo que miraba a uno y otro lado como si temiera que alguien pudiera descubrirlo.

Durante el tiempo que estuvo esperando, no menos de una docena de hombres entraron con Rut en aquel habitáculo. Salvo ricos, a Oseas le pareció que los había de todo tipo. Altos y bajos, gordos y flacos, viejos y jóvenes, sanos y enfermos, israelitas y *goyim* se acercaron hasta Rut para yacer con ella a cambio de dinero. Sin querer, Oseas calculó los hombres con los que podía acostarse Rut en un día y luego en un mes y a continuación en un año. Se detuvo entonces al sentir una punzada de agudo dolor en el pecho. ¿Cuántos hombres habría tenido Gomer entre sus brazos desde que lo había abandonado?

No. Ni hablar. No podía ser. Aquello resultaba excesivo. Totalmente intolerable. Apretó los puños como si así pudiera evitar que aquellos sentimientos que le estaban desgarrando el alma lo despedazaran por completo. Iba a regresar a su casa. Sí. Iba a hacerlo e intentaría olvidarse de todo. De todo. Absolutamente de todo. Y entonces, cuando el sufrimiento parecía más insoportable, lo vio.

OSEAS

Supo que era él desde el primer momento. Caminaba no con el paso, inseguro por las más diversas causas, del que busca a una ramera. Por el contrario, su manera de andar recordaba a un orgulloso guerrero que se mueve altivo y rebosante de seguridad por un territorio que ha sometido con el vigor de sus armas. Esperó Oseas tembloroso a que llegara hasta la puerta de la casucha y entonces se le acercó.

—¿Eres Shlomo?

El hombre le miró con gesto de extrañeza. Dio un paso hacia atrás y lo recorrió de arriba abajo con los ojos. Luego, considerando que no podría hacerle daño, le dijo:

—¿Y tú?

Oseas sintió un pujo de asco al contemplar aquella media sonrisa encanallada con la que el hombre había subrayado la acentuada seguridad de su elusiva pregunta.

—Estoy buscando a Gomer.

Una sombra se deslizó sobre el rostro del hombre igual que si una nube hubiera pasado por el cielo oscureciendo la tierra. Pero se trató tan sólo de un instante. Enseguida la sonrisa volvió a columpiarse de sus labios.

—Déjame ver. ¿Has dicho Gomer? Sí, hubo una Gomer que trabajó para mí. No estaba mal, no, pero tuve que deshacerme de ella. Yo no me ocupo de proteger a ninguna mujer para que me ande dando disgustos.

—Soy su marido —dijo Oseas y, al momento, se sorprendió de la energía que había impreso a sus palabras—. Necesito encontrarla.

Shlomo se llevó la mano izquierda al mentón y comenzó a acariciárselo. ¿Qué buscaba exactamente aquel hombre? ¿Dinero? ¿Venganza? ¿Encontrar realmente a aquel desecho que había sido su esposa? De manera sigilosa, Shlomo deslizó la diestra hacia la daga que llevaba a la cintura.

—No tienes que temer nada de mí —le dijo Oseas sin apartar la mirada de los ojos de Shlomo—. Nada. No te deseo ningún mal, pero necesito saber dónde está Gomer.

—¿Y por qué tendría yo que saberlo?

—Eres la última persona con la que estuvo.

La punta roja de la lengua de Shlomo apareció por la comisura de la boca como si fuera la cabecita achatada de una víbora diminuta. Así se mantuvo un instante y luego se humedeció los labios.

—Ya hace mucho que la perdí de vista. En serio. No tengo la menor idea de lo que ha podido ser de ella.

Oseas captó que Shlomo le estaba diciendo la verdad, pero ese tipo de verdad que, de manera esencial, pretende tender un velo sobre algo que se desea ocultar.

—Lo comprendo. Me basta con que me indiques donde la viste por última vez. Con eso es suficiente.

La manera en que se entornaron los ojos de Shlomo le dijo que acababa de tocar un punto sensible. Sí, aquel hombre sabía más, mucho más de lo que estaba dispuesto a reconocer.

—¿Y yo qué saco con eso?

—¿Qué quieres sacar? —preguntó Oseas a la vez que se decía que no contaba con ningún recurso para convencer a Shlomo y que podía encontrarse ante un callejón sin salida.

Shlomo soltó el pomo de la daga y se llevó la diestra a la nariz para frotársela con gesto nervioso.

—Fue hace ya tiempo —comenzó a decir—. Te digo esto porque, si yo fuera tú, no contaría con dar con ella. A saber dónde puede andar ahora. La última vez que la vi estaba en un mesón de la costa.

Oseas experimentó un súbito malestar al escuchar aquellas palabras. No lograba desentrañar por completo su significado, pero temía que era mucho peor de lo que parecía a primera vista.

—¿Qué quieres decir con eso de que estaba en un mesón de la costa?

—Verás. Fuimos a descansar unos días a la orilla del mar. Bebía mucho por aquella época y me pareció que…

—¿Gomer bebía mucho? —le interrumpió Oseas sorprendido.

—Sí. Muchísimo. No se encontraba bien y empezó a empinar el codo. A mí siempre me han preocupado mis chicas y decidí que lo mejor era que se tomara un descanso —mintió Shlomo mientras dejaba asomar su sonrisa canalla—. La llevé hasta la orilla del mar y una vez allí, bueno, el caso es que nos separamos. No lo hicimos de mala forma, no creas. Quiero decir que no hubo gritos ni insultos ni golpes. Este mundo es muy complicado, ¿sabes? Pero no. Nos separamos sin ninguna violencia. Ella se quedó en un mesón y yo regresé. Fin de la historia.

—¿Dónde estaba ese mesón?

Shlomo titubeó un poco antes de responder. Por un instante, se preguntó qué podría suceder si respondía a aquel impertinente. Naturalmente, se podría cerrar en banda y no decir nada. Pero cuando se actúa así hay que asumir riesgos. Aquel majadero podría llevar un arma, intentar coaccionarlo para que hablara, cualquier cosa. No se saldría con la suya, claro está, pero se vería obligado a abofetearlo y quizá a darle una cuchillada. Entonces se armaría un escándalo y los escándalos siempre perjudican los negocios, especialmente uno tan sensible como la prostitución. La otra posibilidad sería decirle lo sucedido y que descubriera la verdad. En ese caso, el peligro también resultaba innegable. En el supuesto de que consiguiera dar con el paradero de Gomer, lo más seguro es que, a estas alturas, estuviera más que muerta. Conocía de sobra la manera destructiva en que actuaba el vino sobre los cuerpos y el de Gomer debía de haber reventado ya. Pero incluso en la improbable eventualidad de que aún viviera, estaba convencido de que el *goy* sabría ocuparse de su inversión y el problema ya no recaería sobre él.

Entornó los ojos por un instante como si así pudiera ver con más claridad el curso que debía tomar. Luego sorbió y escupió contra el suelo, como si con la mucosidad pudiera arrojar también la desazón que lo embargaba. La vida le había enseñado hacía mucho tiempo que la mejor manera de abordar un problema es quitárselo de encima cuanto antes. No iba a hacer ahora una excepción.

—Está bien —dijo al fin—. Te mostraré cómo llegar hasta ese pueblo de la costa.

OSEAS

ontempló la cantina desde lejos y se dijo que, a pesar de su aspecto miserable y sucio, era más que posible que Gomer, la mujer a la que había tomado por esposa años atrás, estuviera allí. No le había resultado fácil llegar hasta aquel lugar. Primero, había necesitado casi un mes para encontrar a alguien que pudiera atender a sus hijos mientras él emprendía el camino hacia el mar. Luego había necesitado dar vueltas y revueltas a lo largo de la costa para encontrar aquella población. Israel no era un reino muy extenso. A decir verdad, si se comparaba con reinos como el de Asiria, era del tamaño de un paño para cubrir la mesa. Sin embargo, eso no le había facilitado el encontrarlo. Las aldeas, muchas veces reducidas a tres o cuatro casuchas polvorientas, a medida que se estaba más cerca del litoral, se multiplicaban y se ocultaban detrás de cualquier pedazo de playa o simplemente desaparecían como consecuencia de las circunstancias más diversas, desde la subida de la marea a las incursiones de los piratas. Aquel pueblucho, sin embargo, había seguido existiendo y, una vez encontrado, dar con el único mesón donde lo mismo te podían ofrecer una comida infecta que un vino aguado o una prostituta repugnante no había sido ya complicado.

Se hallaba apenas a unos pasos cuando, de repente, se detuvo en seco y le asaltó un pensamiento que, hasta ese momento, no se le había pasado por el corazón. ¿Y si Gomer, a fin de cuentas, hubiera muerto? ¿Y si, como era natural, se hubiera caído exhausta un día y allí, sobre el polvo, hubiera exhalado el último aliento? ¿Y si todo su viaje resultara inútil? Movió la cabeza rechazando aquel pensamiento, pero había llegado hasta su alma para no dejarse desplazar tan fácilmente. ¿Y si Dios lo estaba probando de la misma manera que había hecho con Abraham cuando le ordenó sacrificar a Isaac? ¿Y si nunca tuvo la intención de que recibiera a Gomer en su casa y sólo estaba poniendo a prueba su obediencia?

Respiró hondo. Si todo se reducía a una prueba de Dios, si nunca había existido la menor posibilidad de que tuviera que reunirse con la mujer que lo había abandonado, si... bueno, a fin de cuentas, no sería una mala conclusión para todo aquello. Habría demostrado que obedecía a Dios y no tendría que volver a contemplar el rostro de Gomer. Sin pretenderlo, una sonrisa, tímida, pero, sin duda, aliviada, apareció en las comisuras de sus labios. Quizá...

Andaba Oseas envuelto en aquellos pensamientos cuando el trozo de paño que servía de puerta para el tugurio fue retirado por una mano femenina. La figura que apareció era la de una mujer delgada, extremadamente delgada, como si una miríada de sanguijuelas le hubiera chupado no la sangre sino la misma alma. El pelo había perdido su lozanía y presentaba ahora una tonalidad parda semejante a la pelambre de las ratas. Por lo que se refería a sus brazos eran como sarmientos resecos. Llevaba una jofaina en las manos. Se apartó unos pasos de la entrada y arrojó el contenido del recipiente contra el suelo. Se trataba de un agua inmunda, increíblemente sucia. Observó el humillo grisáceo que brotaba efímero del suelo y luego se dio media vuelta dispuesta a entrar en la casucha.

Oseas parpadeó mientras sentía cómo se quedaba sin respiración y los ojos se le llenaban de un líquido caliente y salado. Respiró hondo y entonces las lágrimas se le deslizaron por las mejillas. Aquella mujer... No... no podía ser.

—Gomer... —intentó gritar Oseas y su voz salió de la garganta como un gorgoteo ahogado.

La mujer se detuvo sin volverse, como si un rayo invisible la hubiera paralizado. Pero se trató sólo de un instante. Acto seguido, agarró la tela para descorrerla y entrar en el mesón.

—Gomer —repitió Oseas con un paño de dolor que envolvía el nombre—. Soy yo.

La mujer mantuvo el cuerpo inmóvil, pero ahora giró la cabeza. Su rostro emaciado se había convertido en una mueca de desconcierto, de duda, de interrogación. Parpadeó y entonces, de golpe, como si algo se hubiera roto en su interior, soltó la jofaina y se cruzó el pecho con los brazos, como si necesitara protegerse a sí misma, como si le resultara imperioso darse calor, como si incluso quisiera saber si continuaba viva.

—Gomer… —repitió por tercera vez Oseas y cada sílaba que pronunció le dolió como si se la arrancaran de lo más profundo del corazón.

La prostituta separó las manos del pecho, pero no logró abrir los brazos. Era como si hubiera perdido la fuerza necesaria para realizar un movimiento tan absolutamente natural, como si ni sus hombros, ni sus codos, ni el resto de las coyunturas de su cuerpo dieran más de sí.

Oseas cubrió la escasa distancia que lo separaba de Gomer y la rodeó con sus brazos. Percibió que aquella mujer a la que había abrazado millares de veces con anterioridad era ahora apenas un conjunto de huesos frágiles envueltos en una piel descolorida y ajada. Aquella percepción de la debilidad, sobre todo, del deterioro de su mujer le produjo un pesar inmenso, profundo, agudo, que casi le pareció que no podría soportar.

Por un instante, la estrechó contra su pecho procurando no causarle daño. Luego la separó de sí lo suficiente como para poder mirarle la cara y la observó. Sus lágrimas se hicieron ahora incontenibles. Dios de Abraham, de Isaac y de Jacob, ¿en qué se había convertido su mujer? En su rostro no quedaba un átomo de lozanía, de juventud, de frescura. Los ojos estaban hundidos en unas cuencas negras y profundas. La nariz parecía torcida, como si hubiera sido objeto de un golpe cruel que la hubiera desviado. Los labios estaban cortados y resecos, como los restos semipodridos de la vaina de una legumbre. Le pasó las manos por unos hombros que le parecieron increíblemente huesudos, casi raquíticos, como los restos de un animal ya devorado.

Levantó la diestra e intentó enjugar las lágrimas que caían abundantemente, como si de un torrente se tratara, por las mejillas cerúleas de Gomer. Pero no tardó en captar que se trataba de una tarea imposible.

Tragó para intentar librarse del nudo que le atenazaba la garganta y, con un hilo de voz, le dijo:

—Gomer... Gomer, todo ha terminado. Se acabó. Regresamos a casa. Nos vamos ahora mismo.

Gomer, sin dejar de llorar, asintió con la cabeza.

—Tú no vas a ningún sitio con esa mujer. Me costó muy buena plata y es mía.

Gomer levantó la mirada en dirección al lugar del que procedía la voz y entonces vio a un *goy* de aspecto malencarado que se estaba limpiando las uñas con la punta de una daga.

OSEAS

—Esta mujer es mi esposa —dijo Oseas mirando de hito en hito al *goy*.

—Me trae sin cuidado si estás casado con esta furcia o no —comenzó a decir el hombre mientras, sin dejar de limpiarse las uñas, se acercaba a Oseas—. Lo importante es que yo la compré hace tiempo y que es mía y además está perdiendo el tiempo contigo en lugar de trabajando para mí. Lo mejor que puedes hacer es desaparecer y no inmiscuirte en mi propiedad.

—Esta mujer es libre —respondió Oseas.

—Sí, y yo vuelo por las noches. Mira, no quiero tener que abrirte un ojal en la piel con esto —dijo mientras trazaba un par de círculos en el aire con la punta de la daga—. Lárgate de aquí antes de que me enfade, y te advierto que no me cuesta mucho enfadarme.

—¿Cuánto quieres por ella?

El *goy* entornó los ojos y se llevó la mano izquierda hasta el mentón comenzando a tironearse los bucles que formaban su barbita recortada.

—Me costó mucho... —dijo al fin con un tono de voz indeciso.

—¿Cuánto quieres?

—Treinta dineros de plata —respondió el extranjero.

Oseas guardó silencio. Sabía de sobra que aquella era la tarifa máxima que exigiría el hombre que había estado explotando a su mujer durante tiempo y tiempo. La máxima, es decir, que podía lograr una rebaja sensible, aunque, de momento, resultara imposible saber hasta dónde.

—Te daré dos —respondió Oseas.

—¿Dos? ¿DOS? —gritó el *goy* mientras levantaba los brazos al aire—. Quítate de mi vista, perro.

Pero Oseas no realizó el menor ademán de marcharse y —lo que resultaba mucho más desconcertante— repitió con voz queda:

—Dos.

—Treinta dineros... —dijo entornando por el desconcierto los ojos el mesonero.

Oseas continuó callado, pero ahora clavó la mirada en el hombre, mientras Gomer, presa de la ansiedad, se aferraba de su brazo.

—Oseas —susurró la mujer al oído de su esposo—. Dos es muy poco...

—¿Lo ves? ¿Lo ves? —exclamó el *goy*—. Hasta ella reconoce que es una miseria. Y es que lo es. Mira, no tengo la menor idea de lo que quieres hacer con esta mujer. Es más. Ni lo sé ni me importa, pero dos dineros...

—Ofrécele algo más —dijo Gomer con un hilo de voz suplicante. De repente, estaba pasando de percibir un débil rayo de luz en un firmamento de negruras a temer que todo volviera a sumirse en las mismas tinieblas de los últimos años.

—Ofrece algo más —protestó el mesonero— o lárgate de aquí. No tienes ningún derecho a interferir en el trabajo de una esclava que es mía. Podría incluso hacer que te detuvieran.

Oseas notó cómo las manos de su mujer se crispaban clavándose en torno a su brazo.

—Yo te lo reintegraré —dijo ahora en voz alta Gomer—. Haré lo que quieras. Lo que quieras, pero sácame de aquí.

—Se acabó —exclamó el dueño de Gomer a la vez que daba una zancada y se apoderaba de su muñeca—. Vente conmigo ahora mismo. Y a ti no quiero verte por aquí. Te lo advierto.

Pero Gomer no estaba dispuesta a volver al mesón donde había pasado tantas horas. Se aferró al brazo de Oseas como un náufrago habría hecho con una tabla en medio del mar.

—¡No! ¡No! —gimoteó Gomer—. ¡No! ¡Ahora no!

—Quince dineros —dijo Oseas y tanto la prostituta como su dueño parecieron quedar paralizados al escuchar las palabras—. Nada más.

Soltó el extranjero a Gomer a la vez que se llevaba la diestra al mentón en un gesto pensativo. No era mala oferta, desde luego. Multiplicaba lo que le había costado la mujer y además, no había que engañarse, aquella necia tenía demasiado castigado el cuerpo por el vino de la peor calidad como para durar mucho en el negocio. Con un poco de suerte, podría hacerse con alguna ramerilla que la sustituyera por menos dinero, con lo que sacaría un beneficio neto y se quitaría una carga de encima.

—Esta esclava come, ¿sabes? —dijo el *goy* a la vez que se llevaba la mano izquierda a la coronilla y comenzaba a rascarse.

Oseas resopló y, por un instante, tanto la mujer como su amo tuvieron la impresión de que se había hartado e iba a marcharse.

—Quince.

—¡Veinte! —contraofertó el *goy*.

—Quince dineros de plata, y un homer y medio de cebada —dijo Oseas—. Lo tomas o lo dejas.

El extranjero se abalanzó hacia Oseas y le tendió la mano.

—Lo tomo. Lo tomo —dijo con una sonrisa que se extendía de oreja a oreja cortando su malcuidada barba.

✳ ✳ ✳ ✳ ✳

Oseas había entregado el precio de la compra en silencio, contando con cuidado, casi como si temiera que el *goy* pudiera engañarlo. Luego le había hecho una seña y se habían separado del mesón para tomar la ruta de salida de aquella población costera. Caminaron en silencio durante un buen rato hasta que, ya muy apartados del lugar, Oseas indicó con el mentón un árbol frondoso. Se sentaron a su sombra y el hombre abrió un modesto hatillo del que sacó un pedazo de queso de cabra y algunas aceitunas negras. Oseas dio gracias a Dios por los alimentos y luego ambos se pusieron a comer.

Durante un buen rato masticaron sin decir palabra alguna. Gomer se sentía aliviada ahora, aunque no podía evitar mirar de vez en cuando al camino como si temiera que su antiguo dueño pretendiera recuperarla. Sólo cuando aquel temor se fue diluyendo a medida que avanzaban en su itinerario, comenzó a surgir en ella un temor a que Oseas le formulara alguna pregunta. Se percató de que su esposo podía interrogarle sobre lo que habían sido los años anteriores y, ante esa sola perspectiva, sintió cómo enrojecía hasta la raíz del cabello. Mientras continuaban con su viaje sin palabras, del corazón de Gomer iban brotando recuerdos que se enredaban entre sí como los rabos de las cerezas y que lo mismo la transportaban a escenas de lujo delicado y placer embriagador que la arrastraban por entre dolorosas imágenes de miseria sórdida y degradación indescriptible.

Por unos momentos, la trillada senda, los escasos árboles, los montes achatados parecieron desvanecerse mientras ella se preguntaba qué iba a ser de su futuro. Le costaba creer que, al cabo de tanto tiempo, Oseas pudiera recibirla en su hogar. No, eso, por desgracia, no era posible. Había pasado por demasiadas manos y, aunque no hubiera sido así, recibirla implicaría que los vecinos se rieran perpetuamente de Oseas. Ya no era hermosa —bien lo sabía ella y bien le dolía— y ni siquiera le quedaría a su esposo la excusa de que pensaran que había sido indulgente porque era una mujer bella. A decir verdad, era un simple despojo. Ni siquiera un hombre tan piadoso como Oseas…

Apenas había pensado en que su marido era alguien piadoso cuando una fuerte desazón se apoderó del pecho de Gomer. ¿Y si el que todavía era su esposo tan sólo deseara cumplir con la Torah? En ella meditaba noche y día, de ella extraía la fuerza y las enseñanzas para vivir de manera cotidiana, ¿qué sucedería si tan sólo pretendiera obedecer el mandamiento que ordenaba ejecutar a las adúlteras? ¿Y si Oseas sólo había llevado a cabo aquel viaje para dar con ella, aprehenderla y después darle muerte por adulterio? Fue llegar a ese punto y sentir que las piernas le fallaban. A decir verdad no se estrelló contra el camino porque las manos de su marido la sujetaron.

—¿Te pasa algo? —le preguntó Oseas pronunciando las primeras palabras que le había dirigido desde que habían salido de la población de la costa.

Gomer negó con un movimiento de cabeza, pero se apoyó en el brazo de Oseas. Caminaron así un buen rato hasta que se sintió lo suficientemente fuerte y se desasió de su marido. Fue entonces cuando Gomer se percató de que las sombras estaban haciéndose más alargadas y comenzaba incluso a refrescar. Sí. No cabía duda de que pronto sería de noche. De noche. Tendrían que dormir en algún lugar y bueno… o mucho se equivocaba o lo más seguro es que Oseas no hubiera estado con una mujer en todo este tiempo. Desde luego, no se había casado de nuevo porque, de ser así, no hubiera ido en su busca y, siendo piadoso como era, con seguridad no había estado con prostitutas u otro tipo de mujeres.

Aquella cadena de pensamientos infundió una débil sensación de alivio en Gomer. Quizá… quizá Oseas no pretendía que la ajusticiaran, quizá sólo quería una mujer con la que yacer como desean todos los hombres, quizá había decidido volver con la suya porque era con la única con la que la Torah le permitía copular y si era así… Intentaba controlar aquel torbellino de sensaciones cuando distinguió a lo lejos lo que parecía una aldea.

—Vamos a intentar llegar allí antes de que se haga de noche —escuchó que le decía Oseas y su corazón se sintió reconfortado.

No le costó mucho a Oseas convencer a un lugareño para que les permitiera pasar la noche en un granero. El lugar apestaba a ganado y no era un ejemplo de comodidad, pero, después de tantas cosas, a Gomer no le pareció del todo malo. No había hombres empeñados en manosearla ni se topaba con miradas de lascivia ni tampoco apestaba a sudor y a vino. Vino. Por primera vez desde que habían salido de la aldea de la costa, Gomer sintió un deseo irrefrenable de llevarse a la boca un jarro y apurar hasta la última gota.

—Tengo sed —le dijo a Oseas.

—Sí, claro —comentó el hombre a la vez que le tendía un odre pequeño.

Gomer se lo llevó a los labios y bebió un sorbo. El líquido estaba fresco y sabía bien, pero se lo apartó de la boca con un gesto de desagrado. Era agua.

—¿No tienes algo de vino? —preguntó mientras le devolvía el recipiente a Oseas.

Su marido negó con la cabeza mientras continuaba aderezando algo parecido a un lecho en el suelo.

—No es mucho —dijo al fin—, pero creo que podrás dormir aquí. Yo me echaré en ese rincón.

Gomer se tendió mientras veía, desconcertada, cómo Oseas se preparaba una yacija, cerraba los ojos para pronunciar una oración y se tumbaba.

—Que descanses —dijo Oseas un momento antes de volverse de espaldas.

Gomer esperó unos instantes a que todo el mundo que los rodeaba quedara sumido en el silencio. Luego, con el mayor sigilo de que fue capaz, se levantó para dirigirse al lugar donde se hallaba su marido. Se echó a su lado y le pasó la diestra por la oreja derecha, descendiendo luego por el cuello y llegando hasta el hombro.

Oseas sintió la caricia suave y notó como si un relámpago le recorriera todo el cuerpo despertando en él sensaciones no experimentadas durante mucho tiempo. Apretó los párpados cargados como si así pudiera contener la poderosa tormenta que acababa de desencadenarse en su revuelto interior, pero cuando la mano de Gomer abandonó su hombro y empezó a dirigirse hacia su pecho, se irguió y quedó sentado en el lecho.

—Gomer —dijo— Serás mía durante muchos días. No volverás a fornicar, ni tampoco te acostarás con otro varón.

Oseas hizo una pausa, tragó saliva y añadió:

—Tampoco yo acudiré a ti.

La mujer abrió la boca con el deseo de formular una pregunta, de pedir una aclaración, de intentar dilucidar lo que acababa de decir su marido. Sin embargo, de su garganta no brotó ni un hilo de voz.

—Así será —prosiguió Oseas—, porque muchos días estarán los hijos de Israel sin rey, y sin príncipe, y sin sacrificio, y sin estatua, y sin efod, y sin terafim.

Un temblor, que no podía controlar, se apoderó de los labios de Gomer.

—Después —concluyó Oseas— los hijos de Israel se volverán, y buscarán a Adonai su Dios, y a David su rey, y temerán a Adonai y su bondad durará hasta el fin de los días.

Pronunció la última frase Oseas y alzó su mano derecha. Deslizó las yemas de los dedos, lenta y dulcemente, por la mejilla de Gomer y añadió:

—Nos espera un largo camino. Será mejor que duermas.

GOMER

Las condiciones que le había impuesto Oseas —una castidad constante y limpia como no la había vivido desde la infancia— no eran agradables e incluso hubieran podido considerarse humillantes. Sin embargo, Gomer se percató de que podía aceptarlas de buena gana. A decir verdad, estaba tan ahíta de hombres que se dijo que quizá no era tan malo que Oseas no deseara reanudar la vida conyugal. En cualquier caso, no daba la menor impresión de que pensara que debían aplicarle el precepto de la Torah que establecía la muerte de las adúlteras. A lo largo del viaje, se manifestó distante con ella, sí, eso era innegable, pero, a la vez, no dejó de mostrarse tan atento como lo había sido durante años. Le preguntaba si tenía hambre o sentía frío. Se preocupaba de que descansara y repusiera fuerzas. Incluso en los sitios donde pernoctaban procuraba que, en la medida de sus humildes medios, se sintiera lo más cómoda posible. Y así, poco a poco, llegaron a casa.

Resulta curiosa la manera en que los recuerdos chocan con la realidad que se puede ver con los ojos y palpar con las manos. Gomer tenía almacenada en su interior una serie de imágenes sobre la modesta casa en la que había compartido durante años su vida con Oseas. En esas remembranzas, los cuartos se veían pequeños, casi diminutos y, sobre todo, aparecían entretejidos con una sensación de agobiante escasez y de trabajo continuo que la entristecía de una manera indefinida y profunda. Ahora, cuando volvió a ver la casa, todo aquello brotó de lo más profundo de su corazón como si se tratara de un surtidor incontenible, pero sobre aquellos recuerdos de estrecheces sin cuento y penuria pesada, se superpuso una sensación de enorme dolor, del dolor que sólo procede de saber que la vida pudo, a pesar de sus limitaciones, haber sido mejor y de que si no había sido así la culpa recaía, fundamentalmente, sobre ella. Experimentó Gomer la sensación de que su existencia se había reducido a una sucesión inútil y estéril de años y años, y sólo para acabar regresando, más vieja y más gastada, al punto de partida que había abandonado con tanto placer tiempo atrás.

Se le humedecieron los ojos de pesar, de pena, de consternación por sí misma y por la manera en que había dilapidado los que —ahora no le cabía duda alguna— habían sido los mejores años de su vida. No es que se sintiera arrepentida. No. Lo que experimentaba era la sensación insoportable de que algo que no podía definir le había robado de la manera más engañosa y cruel. Había sido como un niño inocente al que un adulto sin escrúpulos le hubiera robado el único juguete que tenía. Sí. Estaba perdida, terriblemente perdida, absolutamente perdida y sólo Adonai sabía si además no se encontraba incluso enferma de algún mal incurable.

En todo ello pensaba cuando sus ojos, que vagaban sin dirección sobre la fachada de la casa, se detuvieron en un rostro infantil. Desde luego, no conocía a la criatura, pero aquella carita le pareció descubrir algo que no le era del todo ajeno, que incluso le resultaba vagamente familiar.

—Lo-ruhama —escuchó que sonaba a sus espaldas la voz de Oseas y entonces Gomer comprendió que aquella niña era su hija.

* * * * *

Reencontrarse con un ser querido es una experiencia que resulta, por regla general, emotivamente grata. Incluso lo habitual es que el cariño que parte de distintas direcciones experimente una fusión que multiplique su fuerza. Sin embargo, cuando el amor sólo parte de un lado o cuando la separación ha sido fruto de una resolución querida y perpetuada voluntariamente, el resultado suele estar más cerca del dolor que del placer. Ese dolor, verdaderamente lacerante, fue el que experimentó Gomer al ver a sus hijos. Sus facciones hacía tiempo que habían quedado borradas de su memoria y ahora la contemplaban como a una extraña que tan sólo les provocaba sensaciones desconcertantes.

Durante las semanas siguientes, Gomer descubrió que regresar a tareas tan sencillas como barrer, lavar o encontrar la comida que alimentaría a la familia se convertían en cargas casi insoportables para ella. Sin embargo, ahora no protestaba ni siquiera en lo más hondo de su corazón. Se decía que había cosas peores que lavar y lavaba aunque los dedos se le quedaran yertos al contacto con el agua helada; se decía que había cosas peores que cocinar y cocinaba, aunque los ojos le lloraran por el humo, y se decía que había cosas peores que barrer y barría aunque las nubes de polvo la ahogaran. Pero toda aquella entrega no la acercó un ápice a los niños. Sorprendía sus miradas de soslayo, no llegaba a entender sus comentarios en voz baja y se preguntaba, a lo largo de todo el día y muy especialmente cuando se iba a dormir, qué pensarían de ella.

Una tarde, Gomer regresó del mercado a donde había ido a realizar unas compras. Cruzó el umbral cargada y en ese mismo momento captó la voz de Lo-ruhama. Hablaba con su padre con una cercanía que, en ese momento, llenó de envidia a Gomer. Le preguntaba por un pájaro y Oseas le daba respuestas sencillas, especialmente encaminadas a simplificar cuestiones de no especial importancia, pero que la criatura consideraba esenciales. Tras un intercambio de frases, ambos callaron y Gomer decidió entrar en la cocina. Iba a dar los pasos que le separaban del cuarto cuando escuchó que Lo-ruhama decía:

—*Abba*, ¿quién es esa mujer?

Gomer sintió que un súbito temblor, molesto e inquietante como si procediera de una fiebre, se apoderaba de ella.

—¿A qué mujer te refieres? —respondió Oseas y Gomer sintió como si le hubieran arrancado la capacidad de respirar.

—A ésa. A la que vive ahora en casa.

—Pues ¿quién crees tú que es?

La nueva pausa provocó que los latidos del corazón de Gomer se aceleraran dolorosamente.

—No sé —respondió la niña.

—No lo sabes. Ya veo. Bueno, y si no sabes quién es, ¿qué te parece?

—Parece buena, *abba* —respondió la niña.

—Ah, ¿sí? ¿Has hablado con ella?

—No. Nunca he hablado con ella. Pero parece buena. Quiero decir que nos prepara la comida y limpia la casa y lava la ropa que llevamos… y no nos regaña.

—Y no nos regaña, ¿eh? —repitió Oseas con un tono de voz divertido—. Eso debe estar muy bien.

—Sí… —reconoció la niña.

De nuevo el silencio se apoderó de la casa.

—*Abba*, ¿a qué ha venido a casa?

Esta vez, Gomer pensó que podía desvanecerse si Oseas no respondía enseguida.

—Verás, Lo-ruhama, no es fácil de explicar. Esa… mujer no tiene dónde ir.

—¿No tiene marido? ¿Ni niños?

—No tiene dónde ir.

—Creo que no lo entiendo. ¿Nadie la quiere?

—Se trata de algo más complicado. Sólo has de tener en cuenta que ha sufrido mucho, que necesita ayuda y que nosotros vamos a dársela porque no cuenta con nadie más. ¿Te parece bien ayudar a alguien que lo necesita?

—Sí, *abba*. Me parece bien.

—Estupendo.

—*Abba*, ¿puedo hacerte otra pregunta?

—Sí, claro. ¿Qué quieres saber?

—¿Cómo se llama esta mujer?

De nuevo calló Oseas por unos instantes.

—Gomer —dijo al fin.

—Gomer —repitió la niña—. Es bonito. Se llama como mamá.

—¿Tú te acuerdas de mamá?

—Creo que sí… bueno, no del todo. Un poquito.

—Un poquito. Ya veo. Y ¿te gustaría que mamá volviera?

Gomer se apoyó en la pared conteniendo la respiración.

—Pues… no sé. Bueno, quiero decir que quizá estaría bien, pero es que no sé…

—¿Qué es exactamente lo que no sabes?

—Pues que no querría que regresara para luego volver a marcharse. Si viene y quiere quedarse, bueno, pues, bien, pero si viene y luego dice que se va… entonces no.

—No me marcharé nunca, Lo-ruhama. Nunca.

La niña se volvió y contempló la silueta de Gomer que se recortaba al trasluz en el umbral. Por un instante, no comprendió lo que estaba sucediendo. Entornó los ojos y parpadeó como si pudiera así ver mejor lo que no había podido imaginar hasta entonces. De repente, pareció que la frente espaciosa de la niña se iluminaba como si sobre ella se hubiera posado un haz limpio de luz clara.

—Tú eres mi madre, ¿verdad? —preguntó con la voz que ponen los niños cuando creen haber descubierto la solución de un acertijo.

Lo-ruhama no recibió respuesta alguna. Tan sólo escuchó el ruido que hacían las cosas que Gomer llevaba en brazos al caerse contra el suelo y luego sintió cómo la mujer corría hasta ella y la estrechaba contra su pecho.

OSEAS

Ahías observó los humildes hatillos colocados a la puerta de la casa de Oseas. Le había costado creerlo, pero todo indicaba que su amigo no había exagerado lo más mínimo al hablar con él la tarde anterior.

—Ah, has venido. Pero no te quedes ahí. Pasa a beber algo fresco.

Ahías apartó la mirada de aquellos modestos bultos y la dirigió hacia Oseas, que era el que le había dirigido la palabra. Sonreía, pero no de manera burlona o escandalosa, sino con aquella serenidad que le caracterizaba.

—Buenos días —saludó a la vez que le seguía al interior de la casa—. Ya veo que no era broma lo que me dijiste de abandonar Israel.

—No se bromea con esas cosas —respondió Oseas a la vez que invitaba a su amigo a tomar asiento en una esterilla desplegada en el suelo—. Ahora mismo vengo.

Regresó al cabo de unos instantes llevando dos modestas copas de barro basto y un jarro grande. Entregó uno de los recipientes a Ahías, vertió en su interior el agua y repitió el movimiento consigo mismo.

—Bebe. Está fresca y es muy buena.

Ahías tragó un sorbo y clavó la mirada en Oseas.

—Nos conocemos hace mucho —comenzó a decir— y tengo que serte muy sincero. No veo razón alguna para que te marches de Israel.

—Pues es bien sencillo —respondió Oseas—. Este pueblo está condenado y no deseo estar aquí para ver cuándo y cómo se ejecuta el veredicto.

—¿Condenado? Pero… pero ¿qué dices? Si nunca nos ha ido tan bien…

—Ha ido —sonó como un eco la voz de Oseas—. Mira, Ahías, aquí se va a venir abajo todo. Primero, faltará el pan; luego, los príncipes y poderosos enloquecerán y, finalmente, la nación entera sufrirá el juicio.

—Pero… pero ¿qué estás diciendo? Mira, la situación es excelente. Excelente. ¿Lo oyes? Excelente, y tú hablas como si estuviéramos sumidos en la decadencia.

Oseas se acercó la copa a los labios y bebió un trago largo, pero no respondió a Ahías.

—Bueno —prosiguió Ahías—, y esa decadencia que yo no veo por ningún lado, pero que para ti es tan clara como la luz del sol, ¿cuándo ha comenzado? Te lo digo porque yo he ido esta mañana al mercado y no me pareció que los precios fueran diferentes a los de ayer.

—Nuestra decadencia comenzó con los becerros —dijo Oseas.

—¿Con... los becerros? ¿Qué becerros? —preguntó sorprendido Ahías.

De repente, sintió que en su interior se encendía una luz. Sí. Claro...

—¿Te refieres a las imágenes de Dan y Betel?

Oseas asintió con la cabeza provocando un gesto de desaliento en Ahías.

—¿Cómo pudo alguien pensar que Dios bendeciría una mentira como ésa? —prosiguió Oseas—. ¿Te has parado a pensar alguna vez cuántos sacerdotes creyeron de verdad que las imágenes que Jeroboam levantó en Dan y Betel representaban a Dios? ¿Te has detenido a hacerlo? Pues yo te lo diré. Ninguno. Sí, no me mires así. Ninguno. Todos, absolutamente todos, sabían que era contrario a la Torah levantar aquellas imágenes y rendirles culto y acudir a esos santuarios en lugar de a Jerusalén. Pero decidieron callar. Sí, sí, se quedaron con la boca cerrada. No querían indisponerse con el rey Jeroboam, no querían parecer partidarios de la unidad de Israel, quizá simplemente no querían llamar la atención. Todos sabían que era mentira, pero decidieron hacer como que era verdad y así sus huesos se pudrieron.

—Perdona, no sé si te entiendo…

—Mira, Ahías, la mentira es como una mancha de aceite. Hay gente que piensa que puede restringirla a una parte de su vida, a un día sólo, a un acto nada más. No es posible. Créeme. No es posible. La persona que acuerda, aunque no lo diga así, aceptar una mentira en su vida está perdida. Al cabo de poco, de poquísimo tiempo, no sabe dónde está el bien y dónde se encuentra el mal. La Verdad deja de existir y sólo quedan pequeñas verdades, pero esas pequeñas verdades tan sólo son mentiras, las mentiras que nos parecen adecuadas para beneficiarnos de cualquier situación.

—Creo que me estoy perdiendo, Oseas.

—¿Sí? ¿Tienes esa sensación? Pues déjame que te dé algún ejemplo. Primero, perdimos la capacidad para distinguir el bien del mal. La idolatría era idolatría, sí, pero si se practicaba en Dan o en Betel y las imágenes las habían forjado por orden del rey… ah, entonces no, entonces ya no nos encontrábamos ante la idolatría. Claro, nos encontrábamos ante una manera más cómoda de rendir culto a Dios. Luego, ¿sabes lo que vino luego, Ahías? Luego vino el decidir lo que era bueno y lo que era malo no conforme a lo que Dios nos había enseñado en la Torah, sino de acuerdo con nuestros deseos. Los comerciantes robaban en el peso, pero no era robo, sino ajustar cantidades para beneficio propio. Los maridos engañaban a sus esposas, pero no era adulterio, sino buscar un poco de variación en su vida íntima. Los hijos desobedecían a los padres, pero no era un grave pecado, sino sólo un deseo de libertad que debía verse satisfecho. Al final, la primera mentira se fue extendiendo y extendiendo y extendiendo como si fuera carcoma y nuestra nación se fue corrompiendo y con nuestros actos, para los que siempre hallábamos alguna justificación, nos hicimos merecedores del juicio de Dios.

Ahías dio un respingo al escuchar la referencia al juicio de Dios. Todo lo que había dicho hasta ese momento Oseas le había parecido demasiado estricto, demasiado rígido, demasiado duro, pero aquella mención última ya le parecía excesiva.

—Oseas, Oseas... mira, creo que estás exagerando.

—¿Lo ves así?

—Pues mira, sí. Lo veo así. Sinceramente, no creo que las cosas sean tan graves como tú las pintas y, desde luego, eso del juicio de Dios... ¡por favor, Oseas, tampoco hay que ver todo de una forma tan negra!

—Pues yo creo que estamos ante una situación que es como para llevarse una trompeta a la boca y tocarla anunciando que Dios va a venir como un águila contra su casa porque han traspasado Su pacto y se han rebelado contra Su Torah.

—No disparates, Oseas —le interrumpió Ahías con un punto de irritación en la voz—. De entre todos los pueblos sólo nosotros hemos conocido a Adonai. ¿Entiendes? ¡Nosotros! No Asiria, no Mitsraym, no ninguno de los *goyim*. Sólo nosotros.

Oseas dejó que una sonrisa amarga le aflorara a los labios.

—Ahías, no te engañes. Te lo ruego. Es cierto que Israel clamará a Adonai y que dirá: «Dios mío, te hemos conocido». Pero ya te adelanto que no servirá de nada. Israel se ha desentendido del bien y será perseguido por sus enemigos.

—¡Oh, vamos! —protestó Ahías levantando los brazos en gesto de protesta.

—Pero ¿es que se te ha olvidado lo que ha pasado durante todos estos años? —respondió Oseas con serenidad—. Se han hecho reyes, pero no para complacer a Dios. Se han constituido príncipes, pero sin consultarlo con Él. Y además ¿para qué han utilizado en Israel la plata y el oro? Para hacerse imágenes ante las que inclinarse. En suma, para que Dios los tale. Escúchame, Ahías, el becerro de Samaria quedará reducido a pedazos.

—¡Dios santo! Pero… pero ¿tú sabes lo que estás diciendo?

—Estoy diciendo que sembraron viento y por eso mismo torbellino segarán. Escúchame: no tendrán mies, ni su fruto les proporcionará harina y, en caso de que se la proporcione, se la tragarán los extraños. ¿Y todo por qué? Pues porque Adonai nos escribió con Su propio dedo las grandezas de la Torah y nuestro pueblo las consideró algo ajeno, algo que no iba con él.

—Mira, Oseas —comenzó a decir Ahías con una cólera apenas contenida—. No quiero escuchar más. Ni una palabra. ¿Me has entendido? Ni una palabra. Ni una sola. Lo que tú dices es traición.

Pronunció la última palabra arrastrando cada letra, como si le pesara igual que un fardo del que deseara desprenderse.

—No, Ahías, no es traición. Es la verdad. Si Israel no se vuelve a Dios, si no desanda sus caminos, lo único que encontrará por delante será el juicio.

—Que sea la última vez que mencionas esa palabra —exclamó Ahías a la vez que se ponía en pie y extendía las manos como si de esa manera pudiera apartar aquella terrible posibilidad de sí—. No sólo es traición. Además es un disparate. ¿Cómo... cómo iba a tener lugar ese juicio? ¿Cayendo fuego del cielo? ¡Vamos!

—Dios usará a los *goyim* para Su juicio.

—¿A los *goyim*? Tú te has vuelto loco. Pero ¿cómo va a utilizar Dios para juzgar a Israel, a su pueblo, al único pueblo que ha conocido, a unos miserables *goyim*? Mira, mantente lejos de mí. ¿Me has oído? No te me acerques.

—Lo quieras ver o no, los *goyim* serán el instrumento de Dios —dijo Oseas con un tono de voz que a Ahías le pareció profundamente tétrico—. Los reyes de Israel se volverán a Mitsraym en busca de ayuda, pero no les servirá de nada. Israel ha olvidado a su Hacedor y se ha edificado templos, pero Adonai prenderá fuego a sus ciudades, un fuego que devorará sus palacios. Y ahora, te lo ruego, siéntate.

—Bien, Oseas, bien —dijo Ahías—. Entonces no hay solución. Ya está. No la hay. Márchate de Israel como quieres y a mí déjame en paz. Yo ahora salgo de tu vida y a ti ni se te ocurre volver a entrar en la mía, ¿de acuerdo?

—Escúchame, Ahías. A mí me agrada todo esto tan poco como a ti. La verdad es que me destroza el corazón, quizá incluso menos, pero no puedo cerrar los ojos ante la realidad. Israel no se ha vuelto hacia Adonai y sólo le queda cosechar lo que lleva sembrando desde hace décadas. Será el juicio terrible que se ha ido labrando. Llevo anunciándolo años, no me cabe la menor duda de que está muy cerca y no deseo verlo. Por eso me voy.

—Ya lo he entendido —le cortó Ahías cada vez más incómodo—. De sobra. A propósito, ¿cómo está Gomer? ¿Va todo bien? ¿Los niños están contentos con ella?

Oseas sintió que una llama de profunda compasión se encendía en lo más hondo de su pecho. ¡Pobre Ahías! Hablaría de cualquier cosa —¡hasta de la situación de las almas en el Sheol!— con tal de no ver la realidad. Todo con tal de no enfrentarse con la verdad. Era como un necio que levantara la mano para tapar el sol y creyera que así podía terminar con la luz del día. Gomer, sus hijos, seguramente él mismo, a pesar de ser amigos desde hacía años, no le importaban nada. Tan sólo estaba intentando cambiar de conversación por unos instantes para luego desaparecer quizá para siempre.

—Gomer —respondió Oseas— es exactamente igual que Israel.

Ahías entornó los ojos. Luego una sombra descendió sobre su frente como si un océano de nubes la hubiera cubierto.

LO-RUHAMA

Lo-ruhama se detuvo para recuperar el aliento. El cántaro que llevaba apoyado en la cabeza le pesaba como si fuera de bronce. Y no era tanto cuestión del agua como de las cuestas. Aquella ciudad parecía estar repleta de subidas y subidas y de nuevo más subidas. Su padre había decidido que se establecieran allí, en la mismísima Jerusalén, cuando habían salido de Israel. Pero no estaba segura de que el cambio le gustara. En el pueblo donde había vivido toda su corta vida, todo estaba cerca, todo era conocido y todo parecía grato y familiar. Aquí… aquí todo resultaba inmenso, grande, ignoto. Y si sólo se hubiera tratado de eso… El templo, por ejemplo, la sobrecogía. Era demasiado grande, demasiado magnífico, demasiado rebosante de personas. Cuando acudían a celebrar las fiestas o a presentar las ofrendas por el pecado o simplemente a orar se sentía desbordada. Estaba segura de que no era lo que les pasaba a sus hermanos, que parecían encontrarse a sus anchas en medio de toda aquella barahúnda y que además podían entrar en el patio de los varones, pero ella… bueno, tenía que quedarse con las mujeres, lejos de su padre y con su madre. Su madre. Ése era otro de los problemas con los que tenía que enfrentarse en aquella ciudad inmensa.

Sacudió la cabeza como si el movimiento de sus cabellos la pudiera ayudar a deshacerse de pensamientos incómodos, respiró hondo para recuperar fuerzas y recorrió el breve espacio que le quedaba hasta la casa.

Le caía el sudor por las mejillas y el pecho cuando cruzó el umbral. Seguramente por eso, experimentó una sensación especialmente grata al sentir la frescura de la morada. Se encontró tan bien que, por ello, le llamó la atención la manera en que resonaban las voces en el interior. No llegó a captar lo que decían, pero era obvio que los que hablaban se hallaban alterados. Muy alterados. Dejó el cántaro de agua en el suelo y se acercó todo lo sigilosamente que pudo a la habitación de que la procedía la conversación.

Sí, sin duda, los que se encontraran en aquella habitación estaban muy excitados. Susurraban algunas frases de manera tan baja que no podían oírse, pero, a la vez, captó lo que parecía un llanto. Bueno, un llanto exactamente no. Era como un gemido semejante al de un animal que sufre por un golpe o por una herida y que no puede reaccionar a causa del dolor. Pero ¿quién estaba llorando y, sobre todo, por qué lo hacía?

—Gomer, tranquilízate —escuchó Lo-ruhama que identificó sin dificultad la voz de su padre.

—Pero... pero no es posible... —gimió la mujer con un hilo de voz.

—Temo que no sólo es posible, sino totalmente real.

Lo-ruhama no logró identificar esta última voz. Era, sin duda alguna, masculina y, junto con un innegable acento de seguridad, despedía una profundísima tristeza.

—¿Estás seguro de que no te equivocas? —insistió Oseas con un tono a la vez sereno y preocupado—. Quiero decir que en una situación como ésa no resulta tan difícil ser víctima de la confusión.

—Estoy completamente seguro —reafirmó el hombre—. Sin el menor género de duda. Los asirios... bueno, no voy a entrar en detalles, pero su ejército supera cualquier cosa que podáis imaginar. Primero, cercan las ciudades y luego destrozan sus muros, como si fueran de barro mal cocido, valiéndose de armas de guerra desconocidas y terribles. Después se lanzan al asalto y son... son como... como una plaga de langostas o como las hormigas que salen de debajo de la tierra. No se cansan, no se agotan, no se detienen. Os puedo jurar que intentamos resistirnos, pero confieso que hubo momentos en que ni siquiera sabía dónde me encontraba; tanto era el estruendo y tan espantosa resultaba la lluvia de proyectiles que lanzaban sin cesar sobre nosotros. ¡Oh, no podéis imaginarlo, no! Asustados como viejas, los soldados intentábamos cubrirnos cómo podíamos de aquel horror que caía sobre nuestras cabezas, pero mientras que apenas nos tapábamos con los yelmos y los escudos, las mujeres y los niños se desplomaban muertos o heridos en derredor de nosotros.

—¡Qué horror! ¡Qué horror! —sollozó Gomer.

—Y en ningún momento recibisteis ayuda del rey de Mitsraym… —dijo Oseas como si hubiera sido testigo ocular de lo sucedido.

—Ni un jinete, ni un infante, ni siquiera un arco acudió a protegernos de los asirios —respondió aquella voz que Lo-ruhama desconocía—. El rey de Israel había fiado todo en el apoyo de Mitsraym. Todo, Oseas, todo, pero no recibió nada.

—¿Qué ha pasado con la población de Israel? —preguntó ahora Oseas.

—No queda población alguna en Israel —contestó el visitante con la voz empañada por el dolor.

—¿Qué quieres decir con que no queda gente de Israel?

—Quiero decir que los asirios se llevaron a todos al otro lado del río Eufrates.

—¿A todos? —preguntó incrédula Gomer.

—Absolutamente a todos. Nos ataron como si fuéramos pescados unidos por las agallas o como aves a las que el cazador sujeta después de abatirlas y nos empujaron a latigazos hacia el norte.

—¡Dios de Abraham!

—Yo sólo estuve tres días en una de esas caravanas de deportados, pero puedo decirte que no lo olvidaré jamás. Íbamos juntos hombres, mujeres, niños e incluso ancianos. Éstos fueron los primeros en morir. Las caminatas eran interminables y no nos daban apenas agua y mucho menos comida. Cuando alguno caía desfallecido por el calor, el cansancio o el hambre, los asirios lo remataban de una lanzada o lo degollaban al borde del camino. El ejército estaba ansioso por regresar con el botín a su tierra y no estaban dispuestos a que su marcha se hiciera más lenta simplemente porque fueran a morir algunos israelitas.

—¿Qué quisiste decir con que no quedó nadie en Israel? —intervino ahora Gomer.

—Pues eso mismo. Fue como si dieran la vuelta a un mantel para quitarle todos los desperdicios. En Israel, no ha quedado nadie de nuestro pueblo. Bueno, nadie vivo, porque la Tierra está llena de nuestros cadáveres.

—¿Crees que los dejarán volver? —preguntó Gomer.

—No. No volverán a menos que se vuelvan a Dios —respondió Oseas adelantándose al visitante—. Es lo que enseña la Torah con enorme claridad.

—¿Ah, sí? —dijo sorprendido el hombre con tono dolido—. Siempre creí que la Torah enseñaba que Dios protegería a Israel.

—«Por cuanto no serviste a Adonai tu Dios con alegría y con gozo de corazón» —comenzó a recitar Oseas— «por la abundancia de todas las cosas, servirás a tus enemigos que enviará Adonai contra ti, con hambre y con sed y con desnudez, y con carencia de todo. Y pondrá Adonai yugo de hierro sobre tu cuello hasta destruirte».

—Una cosa es servir y otra lo que yo he visto… —le interrumpió el hombre con un deje de indignación en la voz.

—«Adonai» —siguió recitando Oseas— «traerá contra ti una nación desde lejos, desde el extremo de la tierra, que vuele como un águila, una nación cuya lengua no entenderás, gente de rostro fiero, que no respetará al anciano, ni perdonará al niño, y comerá el fruto de tu bestia y el fruto de la tierra… Pondrá sitio a todas tus ciudades, hasta que caigan tus muros altos y fortificados en los que tú confías, en toda tu tierra… Y Adonai te esparcirá por todos los pueblos, desde un extremo de la tierra hasta el otro extremo».

Oseas calló por un instante y, a continuación, añadió:

—¿No es eso precisamente lo que tú has visto con tus propios ojos?

Un silencio espeso fue toda la respuesta que recibió la pregunta de Oseas.

—Pues eso es lo que Moisés anunció a los hijos de Israel cuando les entregó la Torah por segunda vez antes de entrar en *Ha–Arets* —dijo Oseas.

—Quizá… quizá tengas razón…

—Sí, por desgracia, la tengo —dijo Oseas con un tono de voz tan seguro que provocó un estremecimiento en Lo-ruhama—. Israel ha estado viviendo de espaldas a Dios durante años y años. No ha querido escuchar lo que decía la Torah, ni tampoco oír la voz de los profetas que Adonai les enviaba. Ha preferido vivir de acuerdo con sus deseos. Les era más grato inclinarse ante imágenes de piedra y palo que buscar la voluntad de Dios. Les atraía más prostituirse en los lugares altos que obedecer los preceptos de la Torah. Les complacía más abrir los oídos a los que les anunciaban prosperidad y bendiciones que a los que les advertían del resultado de sus acciones. Pues bien, nadie puede decir que no fue advertido. Una y otra y otra vez se les anunció el juicio y ahora el juicio ha sido ejecutado y de nada han servido ni los bienes que habían acumulado durante años ni tampoco la ayuda que el rey esperaba recibir de Mitsraym o de otros poderes.

—Lo que dices me parece horrible —comentó el hombre—. ¿Cómo puede Dios habernos hecho esto?

—Pero... ¡estábamos advertidos...! —dijo Oseas, aunque no había en su voz sino una nota de profundo pesar—. Más que advertidos, y ahora no podemos culpar a Dios de nada. Durante décadas lo habíamos expulsado de nuestras vidas, de nuestras familias, de nuestros trabajos y ahora, cuando sólo recibimos las consecuencias de nuestros actos, del hecho de volver la espalda a Dios, ¿vamos a pretender que aparezca por los lugares de donde lo habíamos expulsado?

—Pero entonces... ¿no queda oportunidad alguna para Israel?

Lo-ruhama aguzó el oído con la intención de escuchar la respuesta que iba a dar su padre. Incluso se acercó un par de pasos al lugar donde se desarrollaba la conversación para captar mejor sus palabras.

—¿Vive aquí un israelita llamado Oseas?

Lo-ruhama se volvió sobresaltada al escuchar la pregunta. Ante ella apareció un hombre alto, de aspecto extraordinariamente fuerte y anchas, anchísimas espaldas. Su cabeza aparecía rematada por un yelmo y una coraza de metal bruñido le cubría el pecho. Sujetaba con la diestra un escudo redondo y brillante que a Lo-ruhama se le antojó enorme y de su cintura colgaba una espada larga.

—Niña, te he preguntado si vive aquí un israelita llamado Oseas.

—Sí —balbució Lo-ruhama amedrentada.

—¿Es tu padre? —indagó el soldado.

Lo-ruhama asintió con la cabeza mientras sentía cómo las piernas le entrechocaban por el miedo.

—Bien, pues ve a avisar a tu padre y dile que la guardia del rey lo espera.

—Sí, *adón* —respondió la niña a la vez que se dirigía a la habitación donde se encontraban sus padres.

—*Abba*—dijo Lo-ruhama antes incluso de cruzar el umbral—. Fuera hay un soldado que pregunta por ti.

OSEAS

Oseas había tranquilizado a Gomer y a su visitante antes de abandonar la casa. Con toda seguridad, les había dicho, se trataría de algo sin importancia. Sin embargo, no había podido evitar estrechar a Lo-ruhama contra su pecho con más fuerza de la habitual ni preguntarse, mientras cruzaba las calles de Jerusalén, qué podía depararle aquel episodio. Oseas sabía de sobra que los poderosos, por regla general, buscan únicamente el aplauso de los menores y que no suelen recibir con agrado que los contradigan y todavía menos que los adviertan de sus errores. No sólo eso. Cuanto más soberbio es alguien con gente a su mando peor toma las advertencias e incluso considera con frecuencia a los que las pronuncian como meros agentes de la mala suerte. En lugar de pararse a reflexionar sobre si lo que se les dice es verdad, suelen pensar que la fortuna dejará de sonreírles de tomar en consideración aquellas advertencias. Si ése era el caso del rey de Judá, Oseas podía darse por expulsado del reino, en el mejor de los casos, y por encarcelado o incluso ejecutado, en el peor. Cuando llegó a ese punto de su reflexión, Oseas se sumió en una oración. Había pasado muchas tristezas en los años anteriores y en todas ellas le había ayudado Adonai. Muy raro sería que no lo hiciera una vez más, pero, en cualquier caso, que se hiciera Su Voluntad.

—Espera aquí —dijo el oficial apenas llegaron ante las puertas de un edificio grande, levantado con piedra clara y bien tallada.

—Aquí esperaré —le respondió Oseas que agradeció poder detenerse un poco. El soldado caminaba a ritmo de marcha y esa circunstancia, sumada a la sucesión de caminos empinados, le había cansado sobremanera.

Mientras intentaba recuperar el resuello, Oseas dejó que sus ojos pasearan por la fachada del edificio ante el que se encontraba. Superaba considerablemente en tamaño y apariencia las casas que había visto en Jerusalén, pero, sin duda, eso no quería decir mucho. Desde el principio de su llegada al reino de Judá se había asentado en la parte más humilde de la ciudad y no conocía aquella zona donde moraba la gente más acomodada. No podía ser un cuartel ni un palacio de la familia real porque no había soldados. Quizá perteneciera a un juez importante o a un cortesano relevante o incluso a alguien de la familia del sumo sacerdote. Bueno, seguro que saldría de dudas enseguida.

Apenas tuvo que esperar Oseas antes de escuchar las pisadas vigorosas del soldado que se acercaban a él.

—Sígueme —le dijo y volvió a emprender aquel paso de marcha con que había caminado desde que habían salido de casa.

Oseas penetró en el edificio e, inmediatamente, se apoderó de él una sensación de dulce bienestar. Los espesos muros de piedra convertían el corredor en un lugar de frescura casi excesiva y además una corriente de aire que procedía de algún lugar situado delante de él traía un aroma exquisito a flores de azahar y arrayanes. Fuera quien fuera el dueño de la casa, poco podía dudarse de que se trataba de alguien que disfrutaba con las sensaciones agradables y que además se cuidaba de recogerlas en su entorno. Apenas habían dado unos pasos, cuando Oseas sintió un rumor agradable y casi musical. No logró identificarlo, pero apenas emergieron al extremo del pasillo y dieron a un jardín se percató de que procedía de un estanque oblongo en el que una serie de caños desaguaban un agua transparente de deliciosa apariencia. Sí, no cabía duda, el dueño de todo aquello no se privaba de nada de lo que podía resultar grato a los sentidos.

—Espera aquí —dijo el soldado a la vez que le indicaba un lugar apenas separado unos pasos de un montoncito de cojines recamados.

De nuevo se detuvo Oseas preguntándose quién podría haberlo citado y, mientras intentaba dar con alguna respuesta razonable, recorrió con la mirada el entorno. Aunque era obvio que no se encontraba en una fortaleza, tampoco podía dudarse que aquel lugar había sido construido a semejanza de una nuez. Por fuera, los muros de piedra formaban una cáscara imposible de quebrar, mientras que en el interior se hallaba el fruto placentero destinado a una grata degustación. ¿Qué podría costar todo aquello y, sobre todo, cómo podía mantenerse?

—Supongo que tú eres Oseas.

Se volvió al escuchar que mencionaban su nombre y descubrió la figura de un hombre que debía acercarse a la sesentena. Prácticamente calvo, con una barba casi blanca extraordinariamente cuidada, con vientre abultado y vestido con unos ropajes holgados y suaves, daba la impresión de ser la viva imagen de la prosperidad ociosa.

—Te ruego que tomes asiento —le dijo a la vez que apuntaba hacia los cojines y dejaba ver que llevaba los dedos cubiertos de anillos de considerable tamaño.

Oseas obedeció y no tardó en pasmarse de la exquisita textura de las telas delicadamente finas con las que estaban tejidos los cojines. De hecho, de haberse encontrado a solas, muy posiblemente se hubiera entregado únicamente a deslizar los dedos sobre algo tan suave y primoroso.

—Si no lo tienes a mal —dijo el hombre a la vez que se dejaba caer sobre los mullidos cojines—, desearía que en nuestra conversación estuviera presente un hijo mío. Es un muchacho joven, pero muy interesado en cierto tipo de… asuntos.

—No tengo ningún inconveniente —respondió Oseas.

—Estupendo —dijo el hombre e inmediatamente dio una palmada.

Apareció en ese momento un negro alto y robusto que llevaba el torso desnudo. El hombre sentado en los cojines se limitó a hacerle una seña con dos dedos de la mano derecha y el etíope bajó la cabeza en señal de sumisión. Quedaron sumidos Oseas y su anfitrión en un silencio acariciado por el rumor del estanque, pero se trató de un espacio de tiempo breve. Al cabo de unos instantes, apareció de nuevo el sirviente precediendo a un muchacho que a Oseas se le antojó extraordinariamente joven.

—Siéntate, siéntate —le dijo el que parecía dueño de la casa con un gesto amable. Sin embargo, no se levantó ni a besarlo ni realizó ningún gesto cariñoso.

Inclinó el muchacho la cabeza hacia Oseas en señal de respeto y tomó asiento.

—Te preguntarás —dijo el hombre— las razones de que te haya convocado a mi humilde hogar…

Oseas reprimió una sonrisa al escuchar la manera en que había calificado el lugar en que se encontraba.

—… Sé, todo se sabe en Jerusalén, que procedes del reino de Israel.

Oseas sintió una leve inquietud al escuchar aquellas palabras. ¿Estaban pensando en expulsarlo de Judá?

—Así es —respondió.

—También sé que abandonaste el reino antes de que los asirios lo aniquilaran hasta dejarlo liso como la palma de la mano.

Sí, pensaban echarlo del reino.

—Fue algo… ¿cómo diría yo? Comprensible. Sí, comprensible. A fin de cuentas, durante años, estuviste avisando de la ruina del reino de Israel.

Oseas reprimió un escalofrío. ¿Así que de eso se trataba? Lo veían como a un pájaro de mal agüero que había tenido no poca culpa en el desastre sufrido por el reino del norte.

—¿Por qué anunciaste la desgracia de Israel? —preguntó el joven.

—*Adón* —respondió Oseas—, yo me limité a arrojar luz.

—Eres muy modesto —volvió a intervenir el joven—, pero te agradecería, si no tienes inconveniente, que dejes a un lado la modestia y contestes nuestras preguntas. ¿Qué había hecho de malo Israel para que Dios lo castigara de una manera tan terrible?

Oseas cerró los ojos por un instante. Sí. No cabía duda de que lo habían llevado hasta aquel lugar para reunir pruebas en su contra. Lo acusarían de ser un elemento peligroso para el rey y, si tenía suerte, lo expulsarían del reino. No le importaba por él, bien lo sabía Adonai, pero su familia… ¿no se merecía un reposo su familia? Y además, ¿no podía eludir dar una respuesta e intentar escapar de aquella situación? ¿No se merecían todos un lugar de respiro tras todo lo que había sucedido a lo largo de los años?

—*Adón* —comenzó a responder Oseas con voz suave, pero firme—, todo empezó cuando Israel decidió que se apartaría de las enseñanzas que Dios le había dado. No es que nadie creyera que eran falsas o que blasfemaran de Dios o que dudaran de

Moisés. No fue eso. Se trató más bien de que un día, en lugar de escuchar la Torah, decidieron que la Torah los escucharía a ellos. Decidieron que ellos decidirían lo que iban a obedecer y lo que no. Al principio, no ignoraban la verdad. Jeroboam colocó los becerros en Dan y Betel y todos sabían aún que aquello iba en contra de la Torah. Sin embargo, callaron. Lo hicieron a pesar de que era mentira y esa mentira se fue extendiendo como una enfermedad por toda la nación.

Oseas hizo una pausa y respiró hondo.

—La siguiente generación ya no conocía la verdad y además había nacido de unos padres que habían convivido sin problemas con la mentira. Entonces, a la soberbia de los padres se sumó la falta de conocimiento de sus hijos. Se arrodillaban ante imágenes de palo y de piedra y de metal para impetrar que les ayudaran en su vida, pero luego cometían adulterio, adoraban la plata y el oro, y no se compadecían de aquellos que necesitaban misericordia y compasión. Se habían apartado de Dios de la misma manera que una esposa que dejara a su marido para dedicarse a la prostitución.

El propietario de la casa se echó hacia atrás al escuchar las últimas palabras. Sin duda, no se sentía a gusto con lo que acababa de escuchar. El rostro del joven parecía, por el contrario, impasible. A decir verdad, ni la menor emoción se reflejaba en sus facciones finas.

—Ninguna nación que se aparta de Dios puede esperar que no recogerá las consecuencias de sus actos —continuó Oseas—.

Israel además conocía la Torah, pero había decidido colocar por delante sus deseos, sus placeres, sus pasiones. El juicio tenía que venir y vino. Era sólo cuestión de tiempo.

—¿Hubiera podido escapar Israel de ese juicio? —preguntó el joven.

—Sin ninguna duda —respondió Oseas y, al hacerlo, se le quebró la voz—. Pudo hacerlo una y mil veces.

—Si no te he entendido mal —intervino el dueño de la casa—, tú sostienes que Israel se había corrompido mucho, en extremo, de una manera vergonzosa. Aun así, ¿piensas que si se hubiera vuelto a Dios, habría sido perdonado?

—Sí, *adón*.

El hombre se pasó ahora la diestra por la barba y comenzó a tironearse suavemente los extremos. Sus ojos habían adquirido un aspecto neutro que lo mismo podía indicar sorpresa que animadversión o asentimiento. De repente, frunció los labios y se inclinó hacia delante como si, sin moverse de su asiento, pudiera penetrar en el corazón de Oseas.

—¿No te has parado nunca a pensar que todo esto puede ser una simple casualidad? Quiero decir que, a fin de cuentas, todo se puede explicar porque Asiria era fuerte e Israel se equivocó aliándose con Mitsraym…

—*Adón*, Dios actúa por encima de reyes y reinos. Es verdad que Asiria es fuerte y cruel y despiadada y no es menos verdad que Mitsraym nada podía hacer contra eso, pero la explicación de lo sucedido está en que Israel traicionó a Dios y cuando Él extendió Sus brazos deseando recibirlo de nuevo, prefirió mantenerse en su pecado.

—Sí, tienes razón —dijo el joven.

—*Adón*... —dijo inquieto el dueño de la casa—, sería más prudente...

—No. No es cuestión de prudencia, sino de sensatez y de obediencia —le cortó el muchacho extendiendo la mano con un gesto de autoridad que sorprendió a Oseas.

—Había oído hablar sobre ti —continuó el muchacho—, pero deseaba conocer de primera mano lo que había de verdad en mis informes. He podido comprobar que tienes temor de Dios, pero no miedo de los hombres, y eso te honra, Oseas.

Hizo una breve pausa, se inclinó hacia delante y clavó los ojos, negros y profundos, en Oseas.

—Judá no correrá la suerte de Israel. Bajo ningún concepto. Desarraigaremos de nuestro reino todo aquello que sea contrario a la Torah y nos volveremos hacia Dios, que es el único que puede salvarnos en tiempos de tribulación.

El hombre mayor cerró los ojos, pero hubiera resultado difícil saber si estaba de acuerdo con lo que acababa de escuchar.

—¿Sabes quién soy? —preguntó ahora el muchacho a Oseas.

—Lo ignoro.

—Soy Ezequías —dijo.

Y añadió:

—El rey de Judá.

LO-RUHAMA

La muchacha contempló cómo los hombres se acercaban hasta el lugar donde se encontraban. Debían ser... dos, cuatro... ocho... Sí, ocho en total. Sobre los hombros llevaban un poste de madera, no demasiado grueso, pero sí bastante largo. De repente, se detuvieron y lo arrojaron contra el suelo. El sonido metálico de aquel extraño objeto al estrellarse llevó a Lo-ruhama a clavar su mirada en el madero y recorrerlo con el mismo cuidado que si deslizara sus manos sobre él. Fue entonces cuando reparó en una figura rojizo–renegrida pegada a uno de los extremos.

—¿Qué es eso, *abba*? —preguntó a Oseas.

—La serpiente de bronce —respondió con un susurro su padre.

Lo-ruhama entornó los ojos intentando distinguir en aquel pedazo de metal la figura de una serpiente. No era fácil al principio porque la silueta del ofidio estaba trazada de manera muy poco delicada, casi como si el trabajo hubiera sido realizado con apresuramiento, con más deseos de acabar que de realizar un trabajo primoroso.

—¿Es como la de Moisés? —indagó la joven.

—Es la de Moisés —respondió su padre.

Las cejas de Lo-ruhama se enarcaron en un gesto de sorpresa. Por su memoria pasó el relato contenido en el cuarto libro de la Torah, aquel en el que se mencionaba cómo Dios había enviado una plaga de serpientes para castigar a Israel y cómo, finalmente, había ordenado a Moisés que levantara una serpiente de bronce para que todo aquel que la mirara se salvara. Nunca había tenido oportunidad de verla, pero sabía, porque su padre se lo había contado, que la serpiente se había conservado a lo largo de los siglos y era lógico que así fuera, porque Dios la había utilizado para librar al pueblo de Israel de la desgracia. ¡Y ahora aquellos hombres la trataban como si fuera un pedazo de quincalla, un trozo de mental sin el menor valor!

—Pero… pero si es la serpiente de bronce de Moisés, ¿por qué la tratan así?

Antes de que Oseas pudiera responder, tres hombres más se acercaron al lugar donde estaba caída la imagen y comenzaron a descargar sobre ella los golpes inexorables de unos martillos grandes.

—*Abba, abba* —exclamó ahora inquieta Lo-ruhama—, pero ¿cómo pueden comportarse de esa manera? Dios ordenó a Moisés que…

—Dios ordenó a Moisés que levantara la serpiente para que todo aquel que la contemplara se viera a salvo, pero la gente comenzó a rendir culto a esa imagen. No es que adoraran la serpiente, al menos, no la mayoría. Seguramente, lo único que deseaban era adorar al Dios que dispuso un medio de salvación como ése, pero la Torah es clara en su enseñanza: «No te harás imagen, ni ninguna semejanza de lo que hay arriba en el cielo, ni abajo en la tierra, ni en las aguas de debajo de la tierra. No te inclinarás ante ellas ni las honrarás, porque yo soy Adonai tu Dios, fuerte, celoso…» ¿Recuerdas cómo sigue?

Lo-ruhama asintió con la cabeza.

—«… que visito la maldad de los padres sobre los hijos hasta la tercera y cuarta generación de los que aborrecen».

—Sí —dijo Oseas disimulando la satisfacción que sentía al escuchar a su hija recitar la Torah—. ¿Y?

—«Y hago misericordia a millares, a los que me aman y guardan mis mandamientos» —concluyó Lo-ruhama.

—Exacto —dijo Oseas a la vez que asentía con la cabeza—. «Y hago misericordia a millares, a los que me aman y guardan mis mandamientos». Mira, hija, a Dios le importa lo que sucede en los cielos y en la tierra. No creó hace siglos todo lo que pueden ver tus ojos y más, para luego desentenderse de ello. Lo creó como una manifestación de amor y Su amor no ha disminuido con el tiempo. ¿Lo entiendes?

Lo-ruhama asintió con la cabeza.

—Precisamente porque nos ama Dios nos ha enseñado cómo vivir. Nos ha enseñado que no podemos servir a otros dioses porque son mera vanidad y nos apartarían de Él que es el único Dios verdadero. Nos ha enseñado que no podemos inclinarnos ante un pedazo de piedra, o de palo o de metal aunque represente al Dios único, porque sólo es un pedazo de piedra, de palo o de metal y la piedra, el palo o el metal ni oyen, ni ven, ni entienden ni caminan. Pocas cosas hay más estúpidas, hija, que el espectáculo de un hombre inclinado ante una figura que han hecho manos como las suyas. ¡Es tan necio como si un carpintero se arrodillara ante una mesa o un alfarero ante un jarro o un panadero ante un pedazo de pan!

—Sí, creo que lo entiendo —dijo Lo-ruhama.

—Estoy seguro de que lo entiendes, pero debes tener en cuenta otra cosa más. Nada de lo que hacemos carece de consecuencias. Absolutamente nada. Si no aprendes a leer, nunca podrás leer. Si no sabes cocinar, tendrás que comerte lo que guisen otros. Si desprecias lo que Dios ha dispuesto en su Torah… si lo desobedeces… ah, entonces, Lo-ruhama, no sólo tú, sino también las generaciones que vengan después de la tuya sufrirán las consecuencias.

—No sé si…

—Es fácil. Si tú te inclinas ante una imagen y dejas que un pedazo de palo, de piedra o de metal te atonte apoderándose de tu alma, tus hijos seguirán tu ejemplo, y ellos también serán estúpidos a los que ha embrutecido la idolatría. Si tú quebrantas la fidelidad a la que te comprometiste al casarte, también tus descendientes pensarán que el matrimonio no tiene importancia y sembrarán la desgracia entre sus hijos. Si tú no respetas lo que es de otros, si les despojas de ello, en el reino se creará la inseguridad que nace de que nadie respeta la ley y esa desazón pasará de padres a hijos como si fuera una enfermedad. En otras palabras, Lo-ruhama, si obedecemos lo que Dios ha dispuesto en la Torah nos colocaremos a nosotros y a nuestros hijos en la senda que conduce a la dicha, pero si nos apartamos de ese camino, ay, entonces sólo podemos esperar que tanto nuestra vida como la de los que vengan detrás de nosotros, antes o después, se llene de amargura.

—*Abba*, y... ¿y qué pasa si, bueno, si uno se ha apartado de lo que Dios enseña? Quiero decir... ¿se puede arreglar, o sus hijos...?

—Por supuesto que se puede arreglar.

Oseas y Lo-ruhama se volvieron hacia la persona que acababa de hablar.

—Dios está dispuesto a recibir a todo aquel que, con el corazón quebrantado y arrepentido, se acerca a Él —continuó Gomer.

—Así es —dijo Oseas a la vez que levantaba la mano y la deslizaba en una caricia sobre el rostro de su mujer—. No hay nada, absolutamente nada, que el Amor de Dios no pueda curar, nada que no pueda restaurar.

Al captar aquel gesto de su padre, Lo-ruhama no pudo evitar sentir un calor especial que la rodeaba como una nube. Oseas y

Gomer se miraban en silencio, pero en aquella mirada Lo-ruha-ma vio un amor que no podía ser descrito suficientemente por las palabras que pudieran pronunciar humanos labios, porque, a fin de cuentas, se trataba de un amor que procedía de Otro más grande de lo que corazón alguno pudiera abarcar, pensar o imaginar.

LO-RUHAMA

La mujer volvió a mirar la figurita de marfil y sintió como si en su interior se hubiera abierto un frasco lleno de ternura y dicha. Había pasado mucho tiempo desde aquella mañana, la mañana en que el rey Ezequías había destruido la serpiente de bronce e iniciado una reforma espiritual en Judá, la mañana en que había librado a su pueblo de la desgracia que había acabado con la existencia de Israel, la mañana en que había asegurado el futuro para las nuevas generaciones.

No sabía entonces hasta qué punto su vida, y, especialmente, la de sus padres había estado relacionada con el destino sufrido por Israel. A decir verdad, había tardado en entenderlo, pero sí, al final, lo había comprendido. Incluso había llegado a entender su nombre. ¡Su nombre! Lo-ruhama, la no compadecida.

—¡Ruhama, Ruhama! —escuchó la mujer y reconoció al instante la voz. Pertenecía a su marido.

Sonrió dichosa y se puso en pie. Sí, no sólo había cambiado la vida de Judá. También su nombre había experimentado un cambio. Ahora era Ruhama. Aquella de la que se ha tenido compasión.

Nota del autor

Una de las preguntas más habituales que se formula el lector de una novela histórica es hasta qué punto lo que acaba de leer se corresponde con la realidad y hasta qué punto es fruto de la imaginación del autor.

En relación con *Lo-ruhama*, resulta obligado decir que las condiciones históricas descritas en las páginas precedentes reproducen con cuidada exactitud el marco histórico en que se desarrolló la vida y el ministerio de Oseas, el primero de los doce profetas menores, un marco que el libro que lleva su nombre describe como «los días de Uzías, Jotam, Acaz y Ezequías, reyes de Judá, y en días de Jeroboam, hijo de Joás, rey de Israel». Estamos, pues, hablando de una buena parte del s. VIII a. de C. Para Israel, el reino del norte fruto de la división del antiguo reino de Israel regido por David y Salomón, se trató de una época de prosperidad económica —especialmente durante el reinado de

Jeroboam II— que, seguramente, aún se prolongó con alguno de sus sucesores y que ha sido corroborada por la piqueta de los arqueólogos.

Sin embargo, esa abundancia económica no estuvo vinculada, desgraciadamente, a una riqueza espiritual, sino más bien a un lamentable y creciente proceso de desplome moral. Por un lado, es cierto que la religión de Israel se mantuvo y, de hecho, cualquier habitante del reino del norte hubiera afirmado que creía sólo en el Dios de Abraham. La realidad, no obstante, era que a ese culto sumó el de divinidades femeninas y formas de expresión relacionadas con el culto a las imágenes. A ese respecto, la oración a la Virgen reproducida en el libro no es una invención del autor sino una reproducción de las que se recitaban en honor de una de estas divinidades a las que se consideraba más clementes y misericordiosas que la divinidad masculina y a la que se acudía en petición de ayuda e intercesión. Porque además no era ése el único aspecto corrompido de la religión de Israel que, de manera sistemática, tal y como denuncian los profetas, quebrantó el Decálogo introduciendo el culto a las imágenes. Por supuesto, es dudoso que los israelitas que subían a adorar a los santuarios de Dan y Betel donde Jeroboam había alzado unos becerros o que se inclinaban ante las imágenes que tenían en casa pensaran que rendían culto a una bestia o a un pedazo de madera o metal. Por el contrario, en su ánimo estaba la idea de que los becerros eran meramente una representación del lugar donde se posaba la presencia de Dios o que las imágenes meramente lo simbolizaban.

Sin embargo, para los profetas era obvio que aquella era una conducta que chocaba frontalmente con el mandato de la Torah que prohibía fabricar imágenes y utilizarlas en el culto (Éxodo 20, 4–5; Deuteronomio 5, 8–9). El hecho de que los judíos hasta el día de hoy sigan obedeciendo este mandamiento muestra hasta qué punto quedó grabado en Israel la enseñanza divina al respecto. Con todo, lo más seguro es que un israelita de la época de Oseas hubiera insistido en que vivía de acuerdo con la Torah. La realidad era, desde luego, bien diferente.

La ruptura del monoteísmo estricto contenido en la Torah vino acompañada de otros ejemplos de deterioro moral. La promiscuidad sexual se extendió de una manera impensable, fundamentalmente porque buena parte del pueblo pensó que fenómenos como la prostitución o el adulterio carecían verdaderamente de importancia. A eso se sumó además una vivencia cotidiana enormemente centrada en los bienes materiales, hasta el punto de que buena parte de la devoción religiosa se orientaba a garantizar que Dios se los concediera a los que se los pedían.

En apariencia, Israel era un reino próspero rebosante de fe religiosa que podía permitirse enfrentarse de manera desafiante con la gran potencia que era Asiria y anudar una alianza con Egipto. La realidad, sin embargo, era que se trataba de una sociedad enormemente corrompida que se hallaba al borde del abismo. Una parte enorme de su población adoraba fundamentalmente el placer de cualquier tipo y además habían concebido la idea de que

Dios debía contribuir a ello, pasando por alto buena parte de la enseñanza contenida en la Torah, o incluso pervirtiéndola.

Los episodios relatados en la novela —aniquilación de Israel por Asiria y ulterior deportación de sus habitantes, reforma de Ezequías, incluida la destrucción de la serpiente de bronce, ministerio de Oseas, etc.— son relatados tal y como sucedieron. En otros aspectos, el autor ha optado por las opciones que parecen más verosímiles. Por ejemplo, es muy posible que, como se narra en la novela, Oseas viviera en Judá en la época de Ezequías. De hecho, su libro, al enumerar los reinados durante los que tuvo lugar su ministerio, nos informa de que se extendió hasta el de Ezequías, pero no menciona a los últimos monarcas de Israel. En otras palabras, Oseas debió de exiliarse en algún momento de su ministerio y, desde luego, no se vio tragado por la destrucción del reino del norte y la inmediata deportación. Asentado en Judá, ¿tuvo alguna influencia Oseas en la reforma de Ezequías que se produjo en la cercanía del destino trágico de Israel? Cabe esa posibilidad y así queda reflejado en la novela.

Por lo que se refiere a la evolución personal de Gomer, lo más posible es que —salvo detalles muy concretos propios del género literario de la novela— fuera muy similar a la descrita en las páginas anteriores. Cuando Oseas recibió la orden de contraer matrimonio con ella lo más seguro es que sólo fuera una prostituta no en el sentido de que vendiera su cuerpo, sino en el de que era una israelita que, según una forma de expresión repetida hasta la saciedad por los profetas, se había entregado a la idolatría.

Semejante matrimonio —con lo que significaba en el terreno moral— ya debió de constituir una prueba de considerable dureza para Oseas. Sin embargo, la situación empeoró de manera trágica con el paso del tiempo. Después de que diera a luz a tres hijos —algo narrado en el libro de Oseas— por motivos sobre los que sólo podemos especular, pero que, con seguridad, estaban relacionados con la crisis espiritual de Israel, Gomer cayó en el ejercicio de la prostitución y se convirtió en una ramera y una adúltera en el sentido estricto de los términos y no meramente espiritual. Sus males no terminaron ahí, porque el libro de Oseas nos informa de que incluso se vio reducida a la esclavitud, alejada de su marido y de sus hijos.

Ahí podía haber terminado la vida dramática de Gomer, que, seguramente, no era tan excepcional en el marco de Israel. Sin embargo, su marido, al que había abandonado, fue a buscarla y la rescató de su nuevo dueño pagando la cantidad que se señala en esta novela. Se abrió así un período en la vida de Oseas en el que, según se relata en el libro que lleva su nombre, el profeta comunicó a su esposa que no volvería a tener relaciones con ningún otro hombre y que él tampoco mantendría vida conyugal con ella por un tiempo. Sin embargo, a la vez, le anunció una restauración futura y que esa restauración sería un modelo de la que Dios estaba ofreciendo al extraviado reino de Israel si se volvía a Él.

En ese sentido, las predicaciones y, en no escasa medida, los pensamientos de Oseas que aparecen en la novela reproducen, muchas veces literalmente, lo que se conoce por el libro de la

Biblia que lleva su nombre. Sólo se ha añadido algún aspecto imaginario que, no obstante, resulta coherente con lo sabido y que no quebranta su sentido.

En relación con Gomer, he intentado documentar su proceso de degradación hablando con distintas mujeres que, en algún momento de su vida, han ejercido la prostitución. Puedo afirmar con toda seguridad que ninguno de los comportamientos vividos por Gomer en esta obra son disparatados. A decir verdad, encuentran su paralelo en lo que en relación con la conducta con los hijos, con el alcohol o con los hombres, experimentaron distintas mujeres a las que he tenido la oportunidad de conocer.

Por último, debe hacerse una referencia obligada a la visión espiritual de los profetas de Israel a los que Oseas pertenecía y de los que, muy posiblemente, fue el primero en poner por escrito sus predicaciones. Por supuesto, para ellos el comportamiento moral constituía una cuestión vinculada a la conducta de cada individuo que era responsable de ella. Sin embargo, su análisis de la conducta personal no concluía ahí. La manera en que cada individuo vivía tenía repercusión sobre toda la sociedad. Así, el adulterio, la idolatría, el materialismo no constituían conductas que únicamente se referían a personas aisladas, sino que indicaban un estado espiritual nacional que, llegado el momento, acabaría provocando el juicio de Dios sin que un hecho así contemplara exceptuar a Su propio pueblo.

De acuerdo con lo predicado por los profetas, cuando una persona se aparta de Dios no sólo se distancia ella, sino que también contribuye a que lo haga su nación y así al juicio privado se suma el nacional. Aquellos que se inclinaban ante imágenes de madera o metal para rendirles culto, que tenían como objeto de culto a otro que no fuera el único Dios verdadero, que caían de manera sistemática en la inmoralidad sexual o que hacían girar sus vidas sobre los bienes materiales estaban arruinando sus existencias. Sin embargo, no concluía ahí el mal. Por añadidura, contribuían a la aniquilación de la sociedad en la que vivían, sociedad que, a fin de cuentas, estaba formada, como todas, por el conjunto de sus habitantes.

Sin embargo, sería totalmente erróneo pensar que los profetas de Israel eran meros anunciadores de calamidades. Junto con su visión, clara y certera, de lo que acontecía y de lo que iba a suceder, anunciaban la posibilidad de volverse a Dios y así no sólo evitar el juicio indiscutible, sino también abrir la puerta a Sus bendiciones. Al fin y a la postre, como sucede, dicho sea de paso, con cada individuo, una sociedad sólo tiene dos alternativas: la conversión o la perdición. El reino norteño optó por la segunda opción al persistir en sus pecados y negarse a escuchar a los profetas, pero el caso de Oseas y Gomer muestra cómo también es posible la conversión y cómo ésta va unida al perdón y a la restauración por lejos —en ocasiones, extraordinariamente lejos— que esa persona haya caminado de Dios y de Sus enseñanzas.

En ese sentido, como en tantos otros, se puede percibir el eco de los profetas de Israel en enseñanzas de Jesús como las parábolas de la oveja perdida, de la moneda extraviada o del hijo pródigo

(Lucas 15), donde se apunta de manera clara e indiscutible a la situación de perdición del género humano y a cómo un Dios amoroso ha venido a buscarlo para darle salvación y novedad de vida.

Siquiera por esto, a diferencia de otras grandes creaciones literarias de la Antigüedad, como las de Homero o Virgilio, los libros de los profetas aparecen impregnados por una actualidad que puede percibirse hoy simplemente abriendo las páginas de la prensa cotidiana o conectando el aparato de radio o televisión. Leer a profetas como Oseas equivale a colocar un espejo ante nosotros y advertirnos de quiénes somos, dónde estamos y hacia dónde podemos dirigirnos. Todo ser humano acabará, como la sociedad en la que vive, recibiendo, sin duda, las consecuencias de sus actos. Sin embargo, no deberíamos sentir desánimo ni pesar ante esa ley inexorable. Todo lo contrario, porque el camino del perdón y la reconciliación con el Dios que es Amor continúa abierto.

Madrid – Miami – Nashville – Miami – Madrid, primavera – invierno de 2008

Acerca del autor

César Vidal es doctor en Historia –premio extraordinario de fin de carrera– Filosofía y Teología y licenciado en Derecho. Ha enseñado en distintas universidades y ha obtenido premios literarios como el Premio de la Crítica de Novela Histórica, Ciudad de Cartagena; el Premio de Espiritualidad MR por *El testamento del pescador*, la obra de carácter espiritual más vendida en España en 2006 sólo superada por la Biblia; el Premio de Novela, Ciudad de Torrevieja; el Premio de Novela Histórica Alfonso X el sabio; el Premio Algaida de Biografía; y el Premio Heterodoxos de Ensayo. Igualmente, cuenta con distinciones relacionadas con la labor en pro de los derechos humanos otorgadas por la Fundación Hebraica, Jóvenes, contra la intolerancia y la Asociación Verde Olivo de Víctimas del Terrorismo.

Historiador y escritor de notable prestigio, sus obras suelen aparecer con regularidad en las listas de best-sellers estando traducidas a más de una docena de lenguas entre las que se encuentran el inglés, el italiano, el portugués, el ruso, el búlgaro e incluso el coreano.

Dedicado al mundo de la comunicación, colabora en distintos periódicos y revistas y dirige los programas *La Noche* y *Camino del Sur* en la cadena Es Radio.

Más información sobre sus obras, así como sobre la manera de adquirirlas, puede hallarse en su web oficial:

www.cesarvidal.com